Roth, Joseph / Job : historia de un hombre sencillo / Joseph Roth. - 1a ed. - Ciudad Autónoma de Buenos Aires : EGodot Argentina, 2024. 168 p. ; 23 x 15 cm. Traducción de: Daniela Campanelli.

ISBN 978-84-19990-72-3

1. Narrativa Austríaca. 2. Novelas. I. Campanelli, Daniela, trad. II. Título. CDD 830.192

Título original Hiob (1930)

Traducción Daniela Campanelli
Corrección Guillermina Canga
Diseño de colección Martín Bo
Ilustraciones Emiliano Raspante
Diseño de interiores Víctor Malumián

www.edicionesgodot.com.ar
info@edicionesgodot.com.ar
Facebook.com/EdicionesGodot
Twitter.com/EdicionesGodot
Instagram.com/EdicionesGodot
YouTube.com/EdicionesGodot
Buenos Aires, Argentina, 2024

Impreso en España
Artes Gráficas Cofás, S.A,
Móstoles, Madrid, junio de 2025

Job.
Historia de un hombre sencillo

Joseph Roth

Traducción
Daniela Campanelli

PRIMERA PARTE

I

Hace muchos años vivía en Zuchnow un hombre llamado Mendel Singer. Era devoto, piadoso y simple: un judío común y corriente. Ejercía la docencia, profesión modesta si las hay. En su casa, que solo constaba de una cocina amplia, daba clases de la Biblia para chicos. Enseñaba con afán sincero y sin éxito sobresaliente. Ya antes, miles de hombres habían vivido y enseñado como él.

Su cara pálida era tan insignificante como su ser. Estaba enmarcada por una barba negra convencional que le tapaba la boca. Sus ojos eran grandes, negros, cansinos y estaban semicubiertos por unos pesados párpados. En la cabeza llevaba un gorro de gorgorán negro, una tela con la que a veces se hacen corbatas baratas y pasadas de moda. Vestía un típico caftán judío que le cubría casi todo el cuerpo y, cuando Mendel Singer caminaba apurado por la calle, ondeaba y golpeaba con aleteos férreos y regulares las cañas de las botas altas de cuero.

Singer parecía tener poco tiempo y puras tareas urgentes. No había dudas de que su vida era difícil y, a veces, directamente un incordio. Tenía que vestir y alimentar a una mujer y tres chicos (y había un cuarto en camino). Dios le había concedido fertilidad a su cuerpo, indiferencia a su corazón y pobreza a sus manos. No tenían oro que pesar ni billetes que contar. Así y todo, su vida fluía sin sobresaltos, como un arroyito pobre entre míseras orillas. Mendel le agradecía a Dios cada mañana por el descanso, el despertar y el comienzo de un nuevo día. Cuando se ponía el sol, oraba de nuevo. Cuando se asomaban las primeras estrellas, oraba por tercera vez. Y, antes de irse a dormir, murmuraba una oración apresurada, con labios cansados pero fervientes. Su reposo carecía de sueños. Su conciencia era pura. Su alma era honrada. No tenía nada de lo que arrepentirse ni nada que hubiera deseado. Amaba a su mujer y se deleitaba con su carne. Comía rápido y con hambre saludable. A sus dos hijos menores, Jonas y Schemarjah, les pegaba si desobedecían, pero a su hija más chica, Mirjam, la acariciaba con frecuencia. Mirjam había salido a él, con su pelo negro y sus ojos también negros, cansinos y dulces. Sus extremidades eran suaves; sus articulaciones, frágiles. Era como una joven gacela.

Mendel les enseñaba a doce chicos de seis años a leer y memorizar la Biblia. Cada uno le pagaba veinte kopeks todos los viernes. Tenía apenas treinta años, pero sus perspectivas de ganar más eran bajas o inexistentes. Cuando los alumnos crecían, se iban con otros maestros, más sabios. La vida se encarecía año tras año. Las cosechas eran cada vez más pobres. Las zanahorias escaseaban, los huevos se ahuecaban, las papas se congelaban, la sopa se aguaba, los peces carpa eran más angostos y los lucios, más cortos; los patos, más raquíticos; los gansos, más duros, y las gallinas, la nada misma.

De todo esto se quejaba Deborah, la esposa de Mendel Singer. Era una mujer; a veces tenía el diablo adentro. Miraba con malos ojos las posesiones de los ricos y envidiaba las ganancias de los comerciantes. Consideraba que Mendel Singer era muy poco para ella. A él le recriminaba los hijos, el embarazo, la inflación, los bajos honorarios y muchas veces también el mal tiempo. Los viernes, Deborah fregaba el piso hasta dejarlo amarillo como el azafrán. Sus anchos hombros subían y bajaban en un ritmo uniforme, sus fuertes manos frotaban cada una de las tablas, a diestra y siniestra, y sus uñas se metían entre los cabios y huecos y sacaban la mugre que era destruida por oleadas de agua del balde. Como una montaña ancha, gigantesca y movediza, se arrastraba por la habitación vacía y pintada de azul. Afuera, delante de la puerta, se aireaban los muebles, la cama marrón de madera, los jergones, la mesa pulida y los dos bancos largos y angostos, que eran tablas en horizontal clavadas en otras dos en vertical. Ni bien se vislumbraba el anochecer a través de la ventana, Deborah prendía las velas de los candelabros de alpaca, se llevaba las manos a la cara y oraba. Su esposo llegaba a la casa en sus ropas de seda negra; el piso le devolvía el reflejo, amarillo como un sol derretido; su rostro relucía más blanco que de costumbre; su barba era más negra que otros días. Se sentaba, cantaba una canción cortita, y luego todos, grandes y chicos, tomaban la sopa caliente sonriéndoles a los platos y sin decir ni una palabra. La habitación se iba calentando. Las ollas, los cuencos y los cuerpos exudaban calor. Las velas baratas en los candelabros de alpaca no lo soportaban y empezaban a doblarse. Del mantel de la mesa rojo y azul cuadriculado caían gotas de cera que enseguida se endurecían. Entonces abrían la ventana de un golpe, las velas revivían y podían arder en paz hasta consumirse. Los chicos se acostaban en los jergones cerca del hogar, sus padres se quedaban sentados y miraban con solemnidad afligida las últimas llamitas azules que brotaban de los huecos de los candelabros y volvían a caer plácidamente. Era como una fuente de fuego. La cera humeaba, hilos azules y finitos de las mechas carbonizadas subían hacia el techo.

—¡Ay! —suspiraba la mujer.

—¡No suspires! —la retaba Mendel Singer.

Se quedaban callados.

—¡Vamos a dormir, Deborah! —ordenaba él.

Y se ponían a murmurar la oración nocturna.

Así empezaba cada *sabbat*: con silencio, velas y cantos. Veinticuatro horas después se sumergía en la noche que conducía el tren gris de los días laborables y se reanudaba la danza del cansancio.

Un día caluroso de verano, a las cuatro de la tarde, Deborah dio a luz. Los primeros gritos del bebé interrumpieron los cánticos de los doce alumnos, que se fueron a sus casas y tuvieron siete días de vacaciones. Mendel tenía un hijo nuevo. Ocho días después lo circuncidaron y le pusieron de nombre Menuchim.

Menuchim no tenía cuna. Se quedaba en el medio de la habitación, adentro de un canasto de mimbre tejido suspendido en el aire con cuatro cuerdas agarradas de un gancho en el techo, como una araña de cristal. De tanto en tanto, Mendel Singer tocaba con un dedo el canasto, suave y cariñosamente, y este enseguida empezaba a balancearse. Ese movimiento calmaba a veces al recién nacido. Pero no servía para nada cuando tenía ganas de lloriquear y gritar. Su voz era un graznido que tapaba las voces de los doce chicos; sonidos profanos y horribles por sobre las sagradas sentencias de la Biblia. Entonces, Deborah se subía a un banquito y bajaba al bebé. Su pecho blanco, turgente y colosal sobresalía de la blusa abierta y atraía de manera abrumadora la mirada de los chicos. Deborah parecía amamantar a todos los presentes. Sus tres hijos mayores la rodeaban, celosos y libidinosos. El silencio se apoderaba de la habitación. Solo se escuchaba el chasquido de la lengua del bebé.

Los días se convirtieron en semanas; las semanas, en meses, y los meses, en un año. Menuchim todavía tomaba la leche acuosa y transparente de su madre. No había forma de sacársela. A los trece meses empezó a hacer muecas y a gemir como un animal, a respirar agitado y a jadear como nunca antes. Su cabeza grande colgaba, pesada como una calabaza, de su delgado cuello. Su frente ancha se fruncía y se arrugaba por todos lados como un pergamino ajado. Sus piernas estaban dobladas y sin vida, como dos arcos de madera. Sus bracitos esqueléticos se sacudían y se contraían. Su boca balbuceaba sonidos sin sentido. Si tenía un ataque, lo sacaban del canasto y lo zarandeaban bien hasta que su cara se ponía azul y casi no podía respirar. Después se iba recuperando lentamente. Le colocaban saquitos de té sobre el pecho raquítico y le envolvían el cuello con hojas de tusilago.

—No pasa nada —decía su padre—, ¡es parte del crecimiento!

—Los hijos salen a los hermanos de la madre. ¡Mi hermano estuvo así cinco años! —decía su madre.

—Está creciendo —decían los demás.

Hasta que un día hubo un brote de viruela en la ciudad; las autoridades decretaron vacunas para todos, y los médicos entraron a las casas de los judíos. Algunos se escondían. Pero Mendel Singer, el justo, no huyó del castigo de Dios. Esperaba la vacuna con confianza y sin miedo. Una mañana calurosa y soleada, la comisión llegó a la calle de Mendel, cuya casa era la última de la hilera de casas judías. Acompañado por un policía que llevaba un libro gordo bajo el brazo, iba el médico Soltysiuk con su barba rubia y ondeante en su rostro tostado, y unos anteojos con marco dorado sobre su nariz roja. Caminaba dando pasos anchos con sus galochas de cuero amarillas y crujientes, y, a causa del calor, llevaba la levita colgando sobre la *rubashka* azul, de manera tal que las mangas parecían dos brazos más, listos para recibir la vacuna. Así llegó el médico Soltysiuk a la calle de los judíos. Lo recibió el retumbar de los lamentos de las mujeres y los llantos de los chicos que no habían podido esconderse. La policía sacaba a las mujeres y a los chicos de las profundidades de los sótanos y de las alturas de los desvanes, de pequeños cuartos y grandes canastos de paja. El sol quemaba; el médico transpiraba. Tenía que vacunar, como mínimo, a ciento setenta y seis judíos. Le agradecía a Dios en silencio por los que habían huido o no podían ser localizados. Al llegar a la cuarta casita pintada de azul, le hizo una seña al policía para que dejara de buscar con tanto ahínco. Los gritos iban aumentando a medida que el médico se acercaba. Se alteraban ante sus pasos. Los alaridos de los que todavía esperaban con miedo se unían a los insultos de los que ya habían sido vacunados. Cansado y aturdido, el médico se sentó en un banco de la habitación de Mendel dando un gran suspiro y pidió un vaso de agua. Su mirada se posó sobre el pequeño Menuchim, lo alzó y dijo:

—Va a ser epiléptico.

El corazón del padre se llenó de temor.

—Todos los chicos tienen convulsiones —objetó la madre.

—Esto es diferente —aseguró el médico—. Pero quizás pueda curarlo. Sus ojos están llenos de vida.

Y quiso llevar al chiquito de inmediato al hospital. Deborah estaba lista para hacerlo.

—Lo van a curar gratis —dijo.

Pero Mendel respondió:

—¡Callate, Deborah! No hay médico que pueda curarlo si Dios no quiere. ¿Va a crecer entre chicos rusos? ¿No va a escuchar la palabra santa? ¿Va a tomar leche y a comer carne y pollo frito en manteca, esas cosas que dan en el hospital? Nosotros somos pobres, pero no voy a vender el alma de Menuchim solo porque pueden curarlo gratis. Nadie se cura en hospitales extranjeros.

Como si fuera un héroe, Mendel levantó su brazo blanco y delgado para que lo vacunaran. Pero no entregó a Menuchim. Decidió clamar a Dios por ayuda para su chiquito y ayunar dos veces por semana, los lunes y los jueves. Deborah se propuso ir al cementerio e invocar los huesos de sus antepasados para que intercedieran ante el Todopoderoso. Así, Menuchim se sanaría y no sería epiléptico.

Sin embargo, desde ese momento, el miedo se apoderó de la casa de Mendel Singer como un monstruo, y la aflicción recorría los corazones como un viento eterno, caliente y punzante. Deborah suspiraba y su esposo no le decía nada. Cuando oraba, se quedaba con la cara escondida entre las manos por mucho más tiempo que antes, como creándose noches propias para enterrar allí el miedo, y tinieblas propias para encontrar allí la piedad. Porque ella creía que, como estaba escrito, la luz de Dios brillaba en el crepúsculo, y su bondad aclaraba la negrura. Pero Menuchim seguía teniendo ataques. Los hijos más grandes iban creciendo, su salud retumbaba en los oídos de la madre como el mal, como un enemigo de Menuchim, el enfermo. Era como si los chicos sanos extrajeran su fuerza del enfermo, y ella odiaba sus gritos, sus cachetes rosados, sus extremidades rectas. Peregrinaba al cementerio bajo el sol y la lluvia. Golpeaba su cabeza contra la arenisca musgosa que crecía sobre los huesos de sus antepasados. Invocaba a los muertos, cuyas respuestas silenciosas y reconfortantes creía escuchar. Camino a la casa, temblaba con la esperanza de encontrar a su hijo ya curado. Descuidó sus quehaceres en la cocina: la sopa rebosaba, las ollas de barro se rompían, las cacerolas se oxidaban, los vasos verdes brillantes se rajaban haciendo un gran estruendo, el cilindro de la lámpara de petróleo se iba oscureciendo lentamente, la mecha se carbonizaba hasta convertirse en un vástago, la suciedad acumulada de muchas suelas y muchas semanas cubría las tablas del suelo, la manteca de la olla se derretía, los botones se iban cayendo de las camisas de los chicos como las hojas en otoño.

Un día de la semana previo a las grandes fiestas (el verano trajo la lluvia y la lluvia, la nieve), Deborah agarró el canasto con su hijo adentro, lo tapó con mantas de lana, lo puso en el coche de Sameschkin y viajó hacia Kluczýsk, donde vivía el rabino. La tabla del asiento estaba suelta sobre la paja y se resbalaba con cada movimiento del coche. Deborah lo sostenía solamente con el peso de su cuerpo; parecía estar vivo, quería saltar. La calle angosta y sinuosa estaba cubierta por el barro gris plateado; las botas altas de los transeúntes y parte de las ruedas del coche se hundían en él. La lluvia no dejaba ver los campos y vaporizaba el humo que salía de las cabañas aisladas. Con paciencia inagotable, deshacía todo lo sólido que encontraba: la piedra caliza, que florecía por doquier como un diente blanco de la tierra negra; los troncos talados a la vera del camino; las tablas perfumadas y apiladas en la entrada del aserradero, y también el pañuelo que Deborah llevaba en la cabeza y las mantas de lana que tapaban a Menuchim. Ni una gotita debía mojarlo. Deborah calculó que todavía le quedaban cuatro horas de viaje. Si la lluvia no menguaba, iba a tener que parar en el albergue y secar las mantas, tomar un té y comer los *pretzels* de amapola que había llevado, ahora empapados. Eso podía llegar a costar cinco kopeks, cinco kopeks desperdiciados. Dios se apiadó y dejó de llover. Por encima de nubes tenues y precipitadas palideció un sol derretido, pero una hora después se hundió definitivamente en un nuevo y profundo crepúsculo.

Cuando Deborah llegó, la noche negra yacía sobre Kluczýsk. Ya había llegado mucha gente para ver al rabino en busca de consejos. Kluczýsk tenía unos cuantos miles de casas bajas, con techos de ripia y paja, y una plaza central de un kilómetro de ancho que parecía un mar seco, rodeado de edificios. Los vehículos allí apostados eran como barcos naufragados y se perdían, diminutos e insignificantes, en la inmensidad circular. Los caballos sueltos relinchaban junto a los vehículos y pisaban el barro pegajoso golpeándolo con sus cascos cansados. Algunos hombres deambulaban balanceando linternas amarillas en busca de una manta olvidada o una montura tintineante con víveres. Alrededor, en los miles de las casitas que había, se alojaban los recién llegados. Al lado de las camas de los residentes dormían ellos: los enfermos, los torcidos, los paralíticos, los locos, los idiotas, los de corazón débil, los diabéticos, los que tenían cáncer en el cuerpo, los que tenían tracoma en los ojos, mujeres estériles, madres con hijos deformes, hombres amenazados por la cárcel o el servicio militar, desertores que suplicaban poder huir, abandonados por los médicos, expulsados de la humanidad, maltratados por la justicia terrenal, angustiados, nostálgicos, hambrientos y satisfechos, embaucadores y honestos, todos, todos, todos.

Deborah se quedó en la casa de unos parientes de su esposo que vivían allí. No durmió. Se pasó toda la noche de cuclillas al lado del canasto de Menuchim, en una esquina cerca del hogar. La habitación estaba a oscuras, y su corazón también. Ya no se animaba a clamar a Dios, le parecía tan excelso, grande y lejano, infinito detrás de un infinito cielo; hubiera necesitado una escalera hecha de millones de oraciones para alcanzar un ápice de Dios. Buscó con la mente a sus protectores muertos, a sus padres, al abuelo de Menuchim, que se llamaba como él, y luego a los patriarcas judíos: Abraham, Isaac y Jacob, los huesos de Moisés, y, por último, a las matriarcas. Donde era posible interceder, ella lanzaba un suspiro. Golpeó cientos de tumbas, cientos de puertas del Paraíso. Por miedo a no lograr ver al rabino al otro día, ya que había mucha gente, oró primero para tener la suerte de llegar a tiempo, como si la recuperación de su hijo fuera un juego infantil. Por fin, a través de las ranuras de los postigos negros, vio unas líneas pálidas que anunciaban la mañana. Se levantó rápido. Encendió la madera resinosa que estaba sobre el hogar, consiguió una olla, agarró el samovar de la mesa, le tiró la madera encendida adentro, le agregó carbón, tomó el recipiente de ambas asas, se agachó y sopló hacia adentro de manera tal que las chispas se disiparon y crepitaron delante de su rostro. Era como un ritual místico. Enseguida el agua empezó a hervir, el té estaba listo. La familia se levantó, todos se sentaron delante de las tazas de loza marrón y tomaron. Deborah fue hasta el canasto y levantó a su hijo, que gimoteó un poco. Lo besó rápido y varias veces, con ternura frenética. Sus labios húmedos se estampaban contra el rostro gris, las manitos esqueléticas, la cabeza torcida y la panza hinchada del chiquito, como si le diera golpes con su boca cariñosa y maternal. Acto seguido, lo envolvió como un paquete, ató una soga y se lo colgó del cuello para tener las manos libres. Quería conseguir un lugar en la aglomeración que había delante de la puerta del rabino.

Dando un aullido agudo, se lanzó hacia la multitud que esperaba. Con sus puños feroces iba empujando a los debiluchos; nadie podía frenarla. Si alguno se daba vuelta para mandarla de nuevo a su lugar, era cegado por el dolor ardiente de su cara, por su boca roja abierta, que parecía despedir un aliento abrasador, por el brillo cristalino de sus lágrimas, por sus mejillas enardecidas, por sus venas gruesas y azules en el cuello tenso, en el que se acumulaban los gritos antes de soltarlos. Deborah iba flameando como una antorcha. Con un grito estridente, ante el que se desplomó el silencio atroz de un mundo completamente muerto, Deborah cayó de rodillas delante de la puerta del rabino; finalmente, lo había logrado. Estiró su mano derecha sobre el picaporte. Con la izquierda golpeó la madera marrón. Menuchim se deslizó hacia el suelo.

Alguien abrió la puerta. El rabino estaba de pie frente a la ventana, de espaldas, como una línea negra y delgada. De pronto, se dio vuelta. Ella estaba en el umbral y con ambos brazos ofrecía a su hijo como en sacrificio. Percibió un fulgor en el rostro pálido del hombre, que junto con la barba blanca parecían formar una unidad. Había planeado mirar a los ojos del santo, para convencerse de que en ellos realmente habitaba la poderosa bondad. Pero, ni bien se paró allí, un mar de lágrimas inundó su mirada y vio al hombre detrás de una ola blanca de agua y sal. Él levantó una mano y ella creyó reconocer dos dedos huesudos, los instrumentos de la bendición. Escuchó muy de cerca la voz del rabino, aunque este solo murmuró:

—Menuchim, hijo de Mendel, va a curarse. No habrá muchos como él en Israel. El dolor lo hará sabio; la fealdad, bondadoso; la amargura, manso, y la enfermedad, fuerte. Sus ojos serán vastos y profundos, y sus oídos, despiertos y llenos de resonancia. Su boca guardará silencio, pero, cuando abra los labios, solo dirá cosas buenas. ¡No temas y volvé a casa!

—¿Cuándo, cuándo sanará? —murmuró Deborah.

—Dentro de muchos años —dijo el rabino—, pero no me sigas preguntando, no tengo tiempo ni sé nada más. No abandones a tu hijo, aun cuando signifique una carga, no te alejes de él, él nació de vos, como tus hijos sanos. ¡Ahora váyanse!

Afuera, la gente le abrió el paso. Sus mejillas estaban pálidas; sus ojos, secos, y sus labios, apenas abiertos, como si solo respiraran esperanza. Con la gracia en el corazón, retornó a su hogar.

II

Cuando Deborah regresó, encontró a su esposo al lado del hogar. De mala gana vigilaba el fuego, la olla, la cuchara de madera. Su mente recta se centraba en las cosas simples y terrenales, y no toleraba milagros ante sus ojos. Que su mujer creyera en el rabino era, para él, motivo de burla. Su piedad sencilla no necesitaba que un poder intercediera entre Dios y los seres humanos.

—¡Menuchim se va a curar, pero dentro de mucho tiempo! —dijo Deborah al entrar a la casa.

—¡Dentro de mucho tiempo! —repitió Mendel como un eco malvado.

Suspirando, Deborah colgó de nuevo el canasto del techo. Los tres hijos mayores, que habían estado jugando, se acercaron. Se abalanzaron sobre el canasto que tanto habían extrañado y lo empezaron a hamacar con ímpetu. Mendel Singer agarró con sus dos manos a Jonas y a Schemarjah. Mirjam huyó hacia donde estaba su madre. Mendel les pellizcó las orejas a sus hijos y estos dieron unos alaridos. Se desabrochó el cinturón y lo agitó en el aire. Como si el cuero formara parte de su cuerpo, como si fuera una extensión natural de su mano, Mendel Singer podía sentir cada golpe estridente que les propinaba a las espaldas de sus hijos. Un ruido escalofriante estalló en su cabeza. Los gritos de advertencia de su mujer caían en saco roto, se desvanecían. Era como volcar vasos de agua en un mar agitado. No se daba cuenta de dónde estaba. Iba haciendo remolinos con el cinturón que se balanceaba y chasqueaba, les daba a las paredes, a la mesa, a los bancos, y no sabía si se alegraba más por los golpes que erraba o por los que acertaba. El reloj de pared marcó las tres de la tarde: era la hora en la que concurrían los alumnos. Mendel, con el estómago vacío —no había comido nada— y la excitación atragantada en la garganta, empezó a recitar la Biblia, palabra por palabra y oración por oración. El coro nítido de las voces infantiles repetía palabra por palabra y oración por oración, como si fueran miles de campanas repicando. Eran como campanas también los torsos de los alumnos, que se balanceaban de atrás para adelante, mientras que el canasto de Menuchim sobre sus cabezas oscilaba casi con el mismo ritmo. Aquel día, los hijos de Mendel también participaron de la clase. Y entonces la ira del padre se pulverizó, se enfrió, se extinguió, porque podía escuchar el recitado de sus hijos muy por delante del resto. Para ponerlos a prueba, salió de la habitación. El coro de los chicos continuó, liderado por las voces de sus hijos. Podía confiar en ellos.

Jonas, el más grande, era fuerte como un oso, mientras que Schemarjah, el más chico, tenía la astucia de un zorro. Jonas caminaba pisando fuerte, con la cabeza inclinada hacia delante, los brazos colgando, las mejillas rebosantes, hambre infinita y un pelo ensortijado que salía con vehemencia de los bordes del gorro. Lo seguía su hermano Schemarjah, con un andar suave y casi arrastrándose; tenía un perfil anguloso, ojos claros y siempre alertas, brazos flacos, las manos escondidas en los bolsillos. Nunca se peleaban, estaban muy lejos uno del otro, sus imperios y posesiones estaban bien separados, habían formado una alianza. Schemarjah fabricaba cosas extraordinarias con latas, cajitas de fósforos, añicos, púas, mimbre. Jonas podía soplar y destruir todo. Pero admiraba la fina destreza de su hermano. Le salían chispas de sus ojos negros y chiquitos, que miraban curiosos y animados.

Unos días después de haber regresado, Deborah consideró que ya había llegado el momento de descolgar el canasto de Menuchim del techo. Con ánimo festivo les entregó el chiquito a sus hijos mayores.

—¡Sáquenlo a pasear! —dijo Deborah—. Si se cansa, lo cargan. ¡Y que no se caiga, por el amor de Dios! El santo hombre dijo que se iba a curar. No lo lastimen.

Y para los chicos fue el comienzo de un martirio.

Iban arrastrando a Menuchim por la ciudad como si fuera una calamidad, lo dejaban tirarse al piso, se caía. No podían soportar las burlas que les hacían sus pares cuando lo sacaban a pasear. Lo tenían que cargar entre dos; no caminaba como cualquier persona, pisando con un pie y luego con el otro. Sus piernas se tambaleaban como dos arcos rotos, se quedaba parado y enseguida se doblaba. Al final, Jonas y Schemarjah lo dejaban tirado. Lo ponían en un saco y lo dejaban en una esquina. Allí, él jugaba con excrementos de perro, bosta de caballo, piedritas. Se comía cualquier cosa. Rascaba la cal de las paredes, se la llevaba a la boca, tosía y se ponía azul. Era como una bolsa de basura tirada en un rincón. A veces se largaba a llorar y los chicos la mandaban a Mirjam para que lo consolara. Ella se acercaba a su ridículo hermano con sus piernas flaquitas y saltarinas, tierna y coqueta, con una aversión desagradable y odiosa en el corazón. Acariciaba la cara gris ceniza y arrugada de Menuchim con una ternura asesina. Miraba a su alrededor con cautela, a la derecha y a la izquierda, y luego le pellizcaba el muslo. Él chillaba y los vecinos se asomaban por las ventanas. Ella transformaba su expresión en una mueca llorosa. Todos le tenían compasión y la interrogaban.

Un día lluvioso de verano, los chicos arrastraron a Menuchim afuera y lo metieron en la bañadera en la que había agua de lluvia acumulada hacía medio año, unos gusanos flotando, restos de fruta y costras de pan enmohecido. Agarraron sus piernas torcidas y metieron unas doce veces su cabeza ancha y gris en el agua. Luego lo sacaron. Sus corazones latían fuerte, sus mejillas estaban rojas, tenían la alegre y truculenta esperanza de que estuviera muerto. Pero Menuchim seguía vivo. Le costaba respirar, escupía el agua, los gusanos, el pan enmohecido, los restos de fruta, y seguía vivo. No le había pasado nada. Los chicos lo llevaron adentro, en silencio y con mucho miedo. Los tres sintieron un gran temor por el dedo meñique de Dios, que acababa de enviarles una señal silenciosa. No hablaron entre sí en todo el día. Sus lenguas estaban pegadas al paladar, sus labios se abrían para formar una palabra, pero de sus gargantas no salía ningún sonido. Paró de llover, salió el sol, los arroyitos corrían por los bordes de las calles. Hubiera sido el momento ideal para sacar los barquitos de papel y verlos flotar hacia el canal. Pero no. Los chicos se escondieron en la casa como perros. Esperaron toda la tarde por la muerte de Menuchim. Pero Menuchim no se murió.

Menuchim no se murió, vivía, era un inválido poderoso. A partir de ese momento, Deborah dejó de ser fértil. Menuchim era el último y malhecho fruto de su vientre, era como si su útero se negara a traer otra desgracia más. Deborah abrazaba a su marido por unos segundos fugaces, breves como relámpagos secos en la lejanía, en el horizonte veraniego. Pasaba las noches largas y crueles sin poder dormir. Una pared de vidrio frío la separaba de su esposo. Sus pechos se cayeron, su cuerpo se hinchó como burlándose de su infertilidad, le pesaban los muslos, y parecía colgar plomo de sus pies.

Una mañana de verano, se despertó más temprano que Mendel. El canto de un gorrión en el alféizar de la ventana la había despabilado. En su oído quedó resonando el silbido como el recuerdo de un sueño, de algo feliz, como la voz de un rayo de sol. El cálido y temprano amanecer atravesaba los poros y las ranuras de los postigos de madera, y, aunque las sombras de la noche todavía cubrían los bordes de los muebles, los ojos de Deborah ya estaban límpidos; su mente, recia; su corazón, frío. Miró a su marido, que dormía, y le descubrió las primeras canas en su barba negra. Mendel carraspeó entre sueños. Roncaba. Rápidamente, Deborah pegó un salto hacia donde estaba el espejo. Se pasó las yemas frías de los dedos por la raya del pelo escaso y empezó a separar los mechones, uno por uno, delante de la frente, buscando alguna cana. Si creía encontrar alguna, formaba una pinza con dos dedos y se la arrancaba. Luego, se abrió el camisón delante del espejo. Se miró los pechos fláccidos, los levantó, los dejó caer, se pasó la mano por el cuerpo cavernoso, pero todavía con curvas, vio las arañitas azules que tenía en los muslos y decidió volver a la cama. Se dio vuelta y descubrió, horrorizada, que su marido tenía un ojo abierto.

—¿Qué mirás? —le gritó.

Mendel no contestó. Era como si el ojo no le perteneciera, porque todavía estaba durmiendo. Se había abierto por sí solo por curiosidad. El blanco del ojo parecía más blanco que de costumbre. La pupila era diminuta. A Deborah le hizo acordar a un lago congelado, con un punto negro en el medio. El ojo estuvo abierto apenas por un minuto, pero a Deborah le pareció una eternidad. El ojo se volvió a cerrar. Mendel seguía respirando tranquilo: dormía, no había dudas. Miles de calandrias empezaron a trinar afuera, sobre la casa, bajo el cielo. El calor naciente del nuevo día ya entraba en el cuarto, todavía en oscuridad matutina. El reloj daría pronto las seis, la hora en la que Mendel Singer solía levantarse. Deborah ni se inmutó. Se quedó parada allí donde estaba, mirando hacia la cama y con el espejo a sus espaldas. Nunca antes se había quedado así, solo escuchando, sin propósito, sin necesidad, sin curiosidad, sin ganas. No esperaba nada. Pero le parecía que debía esperar que sucediera algo especial. Sus sentidos estaban despiertos como nunca, y otros sentidos, nuevos, desconocidos, estaban en alerta, como soporte de los primeros. Veía, escuchaba y sentía mil veces más. Y no sucedió nada. Solo comenzaba a clarear una mañana de verano, solo las calandrias trinaban en la lejanía, solo los rayos de sol se empeñaban en atravesar con violencia las ranuras de los postigos, y la sombra ancha sobre los muebles se volvía cada vez más angosta, y el reloj sonaba y daba las seis, y su marido respiraba. Los chicos estaban acostados al lado del hogar, en silencio, visibles para Deborah, pero lejos, como en otra habitación. No sucedió nada. Sin embargo, una infinidad de cosas parecían querer suceder. El reloj sonaba como una salvación. Mendel Singer se despertó, se sentó en la cama y miró perplejo a su mujer.

—¿Por qué no estás en la cama? —le preguntó restregándose los ojos.

Mendel tosió y escupió. Nada en sus palabras o en su conducta indicaba que su ojo izquierdo había estado abierto mirando de manera autónoma. Quizás él ya no lo recordaba o quizás Deborah se había confundido. Desde aquel día, no hubo más deseo entre Mendel Singer y su mujer. Se iban a dormir como personas del mismo sexo, dormían toda la noche, se despertaban por la mañana. Se avergonzaban el uno del otro y callaban, como en los primeros días de casados. La vergüenza estuvo presente al comienzo de su deseo y estaba presente al final.

Luego, la fueron superando. Se empezaron a hablar de nuevo, sus ojos ya no se apartaban del otro, sus rostros y sus cuerpos envejecían con el mismo ritmo, como los rostros y los cuerpos de gemelos. Era un verano aplastante que dificultaba la respiración, y llovía poco. Las ventanas y la puerta se mantenían abiertas. Los chicos estaban poco en la casa. Afuera crecían rápido, nutridos por el sol.

Menuchim también crecía. Sus piernas seguían torcidas, pero ahora eran más largas. Su torso también se había estirado. De pronto, una mañana, largó un grito agudo y nuevo. Después se quedó en silencio. Y luego de un rato dijo, claro y perceptible:

—Mamá.

Deborah se abalanzó sobre él, y de sus ojos, secos hacía tiempo, empezaron a brotar lágrimas cálidas, potentes, grandes, saladas, dolorosas y dulces.

—¡Decí "mamá"!

—Mamá —repitió el chiquito.

Diez veces la repitió Menuchim. Cien veces la repitió Deborah. Sus ruegos no eran en vano. Menuchim hablaba. Y esa única palabra que repetía esta criatura deforme era sublime como una revelación, poderosa como un trueno, cálida como el amor, compasiva como el cielo, ancha como la tierra, fértil como un campo, dulce como una fruta dulce. Era más que la salud de los chicos sanos. Significaba que Menuchim crecería fuerte y alto, sabio y bondadoso, como había dicho el santo.

No obstante, ningún otro sonido tan claro salió de la garganta de Menuchim. Por mucho tiempo, esta única palabra que había logrado decir después de un silencio atroz significaba comida y bebida, dormir y amar, placer y dolor, cielo y tierra. Aunque solo dijera esa palabra en cada ocasión, a su madre Deborah le parecía que hablaba como un predicador y se expresaba como un poeta. Entendía las palabras que se escondían en una sola. Descuidó a sus hijos mayores. Se alejó de ellos. Ahora tenía un solo hijo, un único hijo: Menuchim.

III

Quizás las bendiciones necesitan más tiempo para cumplirse que las maldiciones. Habían pasado ya diez años desde que Menuchim había dicho la primera y única palabra. Todavía no podía decir otra.

A veces, cuando Deborah estaba sola con su hijo enfermo, corría el pasador de la puerta y se sentaba a su lado, en el piso, mirándolo fijamente a la cara. Una vez se acordó de aquel terrible día de verano en el que la condesa había pasado delante de la iglesia. Era como estar mirando ahora el portal abierto. Un resplandor dorado que proviene de miles de velas, de cuadros de colores rodeados de luz, de tres clérigos con vestiduras, de pie, bajos y lejanos, junto al altar, con barbas negras y manos blancas balanceándose, penetra en la plaza polvorienta llena de la luz blanca del sol. Deborah está embarazada de tres meses. Menuchim se mueve en su panza, ella tiene a la dulce Mirjam agarrada fuertemente de la mano. De repente, se escucha un grito que sobrepasa el canto de los devotos. Se escucha el golpeteo de los caballos, se levanta una nube de polvo, el coche azul oscuro de la condesa se detiene ante la iglesia. Los hijos de los campesinos festejan. Los mendigos apostados en los escalones van rengueando hacia el carro para besarle la mano a la condesa. Mirjam se suelta de la mano de golpe y desaparece. Deborah tiembla, está congelada en medio del calor. ¿Dónde está Mirjam? Le pregunta a cada uno de los chicos. La condesa se baja. Deborah se acerca al coche. El chofer, con traje de botones plateados, está sentado tan alto que puede ver todo desde arriba.

—¿Vio pasar a una chiquita morena? —pregunta Deborah con la cabeza levantada y los ojos cegados por el brillo del sol y el traje del chofer.

El hombre señala hacia la iglesia con su mano izquierda con guante blanco. Hacia allí fue Mirjam. Deborah se queda pensando un momento y luego se lanza hacia la iglesia, hacia el resplandor dorado, el canto potente, el rugido del órgano. Mirjam está en la entrada. Deborah la agarra, la arrastra hacia la plaza, baja los escalones ardientes al rojo vivo, huye como se huye de un incendio. Quiere pegarle a Mirjam, pero tiene miedo. Corriendo, llevando a Mirjam detrás, va hacia un callejón. Ahora está más tranquila.

—No le podés contar nada de esto a tu padre —le dice, jadeando—. ¿Me escuchás, Mirjam?

Desde ese día, Deborah supo que estaba a punto de ocurrir una desgracia. Llevaba una desgracia en su vientre. Lo sabía, y no dijo nada. Corrió de nuevo el pasador, alguien llamaba a la puerta: era Mendel. Su barba se encanecía antes de tiempo. El rostro de Deborah, su cuerpo y sus manos se marchitaban, también antes de tiempo. Jonas, el hijo mayor, era fuerte y lento como un oso; Schemarjah, el más chico, era rápido como un zorro, y Mirjam, la hermana, era coqueta y distraída como una gacela. Así como pasaba apurada por las calles para hacer los mandados, como una sombra resplandeciente, delgada y angosta, la cara marrón, la boca roja y grande, una bufanda de un amarillo dorado atada bajo el mentón con sus dos extremos flameando y sus ojos avejentados en el medio de la cara joven, así aparecía Mirjam en el campo de visión de los oficiales de la guarnición y se quedaba adherida a sus mentes despreocupadas y lujuriosas. A veces, algunos la perseguían. Ella no les prestaba atención a sus cazadores más allá de lo que captaban sus sentidos: un tintineo plateado y el traqueteo de las espuelas y el azadón, un olor a pomada y jabón de afeitar, un brillo chillón de botones de oro, ribetes de plata y correas de cuero ruso de color rojo sangre. Era poco, pero suficiente. Justo detrás del umbral de los sentidos la acechaba la curiosidad, hermana de la juventud, guardiana de la lujuria. Con miedo dulce y ardiente, Mirjam huía de sus perseguidores. Solo para poder disfrutar del miedo doloroso y excitante, en su huida recorría más calles por más tiempo. Huía desviándose. Y, para poder seguir huyendo, Mirjam salía de su casa más de lo necesario. Se paraba en las esquinas y miraba hacia atrás, era un cebo para los cazadores. Eran sus únicos momentos de disfrute. Incluso si hubiera habido alguien que la entendiera, su boca se habría mantenido cerrada. Se disfruta más de aquello que se mantiene en secreto.

Mirjam todavía no sabía qué relación amenazadora iba a tener con el extraño y terrible mundo militar, y cuán complicado iba a ser el destino que ya habían empezado a cernirse sobre las cabezas de Mendel Singer, su mujer y sus hijos. Porque Jonas y Schemarjah ya tenían la edad que establecía la ley para hacer el servicio militar y, siguiendo la tradición de sus ancestros, debían evitarlo. Un Dios más previsor y compasivo les había provisto a otros jóvenes unas dolencias corporales que no les molestaban mucho, pero los protegían del mal. Algunos tenían un solo ojo, otros rengueaban, uno tenía una hernia, a otro le temblaban los brazos y las piernas sin motivo, algunos tenían pulmones débiles y otros, corazones débiles, uno era un poco sordo y otro, tartamudo, y otro tenía simplemente una debilidad generalizada en todo el cuerpo.

Pero, en la casa de Mendel Singer, el pequeño Menuchim parecía haber nacido con todos los sufrimientos humanos habidos y por haber. Quizás una naturaleza más bondadosa los hubiera repartido equitativamente entre todos los miembros de la familia. Los hijos mayores de Mendel eran sanos, sus cuerpos no tenían ni un defecto, y ya era hora de empezar a trabajar duro, a ayunar, a tomar café negro y a esperar al menos que se les debilitara un poco el corazón de forma momentánea, aunque la guerra contra Japón ya había terminado hacía rato.

Y así fue que comenzaron sus tormentos. No comían, no dormían, se tambaleaban día y noche, débiles y temblando. Sus ojos estaban rojos e hinchados; sus cuellos, flacos, y sus cabezas, pesadas. Deborah volvió a quererlos. Fue una vez más al cementerio para orar por sus hijos mayores. Esta vez oraba para que Jonas y Schemarjah se enfermaran, como antes había suplicado para que Menuchim se curara. El ejército se alzaba ante sus ojos como una gran montaña de hielo liso y martirio intenso. Veía cadáveres, solo cadáveres. El zar estaba sentado en lo alto, rutilante, con los pies esculpidos en sangre roja, esperando el sacrificio de los hijos de Deborah. Iban a entrar en maniobras, pero eso solo ya le causaba un miedo terrible, no podía ni pensar en otra guerra. Estaba enojada con su marido. ¿Qué era Mendel Singer? Un maestro, un maestro tonto de chicos tontos. Tenía otra cosa en mente cuando era más joven. Mendel Singer, mientras tanto, no estaba menos angustiado que su mujer. En el *sabbat*, cuando en la sinagoga se oraba por el zar como la ley lo indicaba, Mendel pensaba en el futuro de sus hijos. Ya los podía ver con esos odiosos uniformes de dril que usaban los nuevos reclutas. Comerían carne de cerdo y los oficiales los golpearían con la fusta. Llevarían fusiles y bayonetas. Mendel suspiraba a menudo sin motivo aparente en la cama, en medio de la clase, en silencio. Incluso personas que no lo conocían lo veían angustiado. Nadie le preguntaba por su hijo enfermo, pero todos querían saber sobre sus hijos sanos.

Finalmente, el veintiséis de marzo, los dos hermanos partieron hacia Targi. No tuvieron suerte. Ambos estaban impecables y sanos. Ambos fueron reclutados.

Podían pasar un verano más en su casa, pero en otoño ya tenían que ingresar a las filas. Un miércoles se convirtieron en soldados. Un domingo volvieron a casa.

Un domingo volvieron a casa, con un pase estatal. Ya viajaban a expensas del zar. Compartían el viaje con otros soldados. El tren iba lento. Viajaban sentados en bancos de madera debajo de unos campesinos. Los campesinos cantaban y estaban borrachos. Todos fumaban tabaco negro, el olor del humo remitía a sudor. Todos se contaban historias. Jonas y Schemarjah no se separaban ni un segundo. Era la primera vez que viajaban en tren. Se iban intercambiando los lugares, ambos querían sentarse al lado de la ventana y ver el paisaje. A Schemarjah, el mundo le parecía terriblemente vasto. Ante los ojos de Jonas, era chato, lo aburría. El tren viajaba sin sobresaltos por la llanura, como un trineo por la nieve. Por las ventanas se podían ver los campos, campesinas con ropa colorida los saludaban. Cuando aparecían en grupo, les respondía el aullido estruendoso de los campesinos en el vagón. Debajo de ellos, acorralados por la alegría desbordante de los borrachos, estaban los dos judíos morenos, tímidos y angustiados.

—Quiero ser un campesino —dijo Jonas, de pronto.

—Yo no —respondió Schemarjah.

—Quiero ser un campesino —repitió Jonas—, quiero estar borracho y dormir con chicas.

—Yo quiero ser lo que soy —dijo Schemarjah—, un judío como mi padre Mendel Singer, no un soldado ni un borracho.

—Me alegra un poco saber que voy a ser soldado —dijo Jonas.

—¡Ya vas a poder tener cosas por las que alegrarte! Yo prefiero ser un hombre rico y ver la vida.

—¿Qué es la vida?

—La vida —explicó Schemarjah— se puede ver en las grandes ciudades. Los trenes van por el medio de la calle, todos los negocios son tan grandes como el cuartel de gendarmería, y las vidrieras son incluso más grandes. Lo vi en postales. No hacen falta puertas para entrar en los negocios, las ventanas llegan hasta el suelo.

—Eh, ¿por qué están tan angustiados? —gritó de repente un campesino desde la esquina de enfrente.

Jonas y Schemarjah hicieron como si no lo hubieran escuchado o como si su pregunta no hubiera sido para ellos. Hacerse el sordo cuando un campesino les hablaba era algo que llevaban en la sangre. Hacía mil años que las cosas salían siempre mal cuando un campesino preguntaba y un judío contestaba.

—¡Eh! —dijo el campesino y se levantó.

Jonas y Schemarjah se pusieron de pie al mismo tiempo.

—Sí, judíos, a ustedes les hablé —dijo el campesino—. ¿Ya tomaron algo?

—Ya tomamos —dijo Schemarjah.

—Yo no —dijo Jonas.

El campesino sacó una botella que llevaba en el pecho, debajo del saco. Estaba caliente y resbaladiza y olía más al campesino que a su contenido. Jonas se la llevó a la boca. Abrió los labios rojos y carnosos, de ambos lados de la botella marrón se podían ver sus dientes blancos y fuertes. Jonas tomó y tomó. No sintió la mano floja de su hermano que le tocaba la manga en señal de advertencia. Agarraba la botella con las dos manos, como un bebé gigante. En el codo levantado, brillaba la camisa con un color blanquecino a través de la tela finita y rasgada. Como un émbolo de una máquina, su nuez de Adán subía y bajaba por su cuello. Se escuchaba el borboteo retumbando en su garganta. Todos miraban cómo tomaba el judío.

Jonas había terminado. La botella vacía se cayó de sus manos y fue a parar al regazo de su hermano Schemarjah. Jonas también cayó, como si hubiera tenido que seguirle el trayecto a la botella. El campesino alargó su mano pidiéndole que se le devolviera sin decir nada. Luego, acarició un poco con su bota los anchos hombros de Jonas, que ya se había dormido.

Llegaron a Podworsk. Allí tenían que bajarse. Hasta Jurki tenían un poco más de siete kilómetros; tenían que hacerlos a pie; tal vez algún coche podría levantarlos por el camino. Todos los pasajeros ayudaron a Jonas a erguirse. Una vez afuera, volvió a estar sobrio.

Caminaron. Era de noche. Podían vislumbrar la luna detrás de la nubosidad láctea. Sobre los campos nevados se veían algunas pocas manchas de tierra oscuras de contornos irregulares, como bocas de cráteres. La primavera parecía llegar desde el bosque. Jonas y Schemarjah caminaban rápido por un camino angosto. Escuchaban el delicado crujido de la capa de hielo, fina y frágil, bajo sus botas. Llevaban sus bolsas blancas y redondas en palos sobre el hombro. Schemarjah intentó algunas veces entablar una conversación con su hermano. Jonas no respondía nada. Tenía vergüenza porque se había emborrachado y se había caído como un campesino. Cuando el camino se hacía tan angosto que no les permitía pasar juntos, Jonas dejaba que su hermano pasara primero. Hubiera preferido dejar a Schemarjah atrás. Cuando el camino se hacía más ancho, ralentizaba el paso con la esperanza de que Schemarjah se adelantara sin esperarlo a él. Pero era como si el hermano menor tuviera miedo de perder al hermano mayor. Desde que había visto que Jonas podía emborracharse ya no confiaba en él, dudaba de la madurez del mayor y se sentía responsable de él. Jonas adivinó lo que sentía su hermano. En su corazón empezó a crecer una furia insensata. "Schemarjah es ridículo —pensó Jonas—. Es tan flaco que parece un espectro, no puede ni sostener el palo, lo tiene que acomodar a cada rato, se le va a caer la bolsa en la mugre". Jonas se rio en voz alta, imaginándose que la bolsa blanca de Schemarjah podía resbalarse del palo y caer en la mugre negra de la calle.

—¿De qué te reís? —preguntó Schemarjah.

—¡De vos! —respondió Jonas.

—Yo tendría más derecho a reírme de vos —dijo Schemarjah. Volvieron a permanecer en silencio. La negrura del bosque crecía delante de ellos. Del bosque, no de ellos, parecía venir el silencio. De vez en cuando, se levantaba un viento desde cualquier punto cardinal, un viento sin patria. Un sauce se agitaba mientras dormía, las ramas resecas se resquebrajaban, las nubes claras pasaban por el cielo.

—¡Bueno, ahora somos soldados! —dijo, de pronto, Schemarjah.

—Es verdad —dijo Jonas—. ¿Qué seríamos, si no? No tenemos ninguna profesión. ¿Deberíamos ser maestros como nuestro padre?

—¡Es mejor que ser soldados! —dijo Schemarjah—. ¡Yo podría ser un comerciante y salir al mundo!

—Ser soldado también es salir al mundo, y yo no puedo ser un comerciante —opinó Jonas.

—¡Estás borracho!

—Estoy tan sobrio como vos. Puedo tomar y estar sobrio. Puedo ser un soldado y ver el mundo. Quiero ser un campesino. Te lo digo y no estoy borracho...

Schemarjah se encogió de hombros. Siguieron caminando. Hacia la mañana se escuchó el cacareo de las gallinas de granjas lejanas.

—Eso ya debe ser Jurki —dijo Schemarjah.

—No, ¡es Bytók! —dijo Jonas.

—Bytók, da igual.

Un coche traqueteó y resonó en la siguiente curva del camino. La mañana estaba pálida, como había estado la noche. No había diferencias entre la luna y el sol. Empezó a caer la nieve, una nieve suave y cálida. Unos cuervos que graznaban pasaron volando.

—Mirá, pájaros —dijo Schemarjah, como excusa para reconciliarse con su hermano.

—¡Esos son cuervos! —dijo Jonas—. ¡Pájaros! —repitió, burlándose.

—¡Da igual! —dijo Schemarjah—. ¡Cuervos!

Efectivamente, era Bytók. Una hora después llegaron a Jurki. Y tres horas más tarde, a su casa. La nieve era cada vez más intensa y suave a medida que avanzaba el día, como si cayera del sol naciente. Luego de unos minutos, todo estuvo blanco. Los sauces solitarios del camino y los grupos de abedules diseminados entre los campos también, blancos, blancos, blancos. Solo los dos jóvenes judíos que caminaban eran morenos. A ellos también los cubría la nieve, pero sobre sus espaldas parecía derretirse más rápido. Sus ropas largas y negras ondeaban. Los faldones golpeaban acompasadamente contra las cañas de las botas altas de cuero. Cuanto más intenso nevaba, más rápido caminaban. Los campesinos que se cruzaban de frente iban lento, con las rodillas dobladas, se ponían todos blancos, la nieve yacía sobre sus hombros como si estos fueran gruesas ramas. Pesados y livianos a la vez, familiarizados con la nieve, se adentraban en ella como si fuera su patria. A veces se quedaban parados y se daban vuelta para mirar a los dos hombres morenos, como si fueran apariciones extraordinarias, aunque cruzarse con judíos no les fuera extraño. Los hermanos llegaron a la casa sin aliento, y enseguida empezó a oscurecer. Desde lejos se escuchaban el cántico de los alumnos, que les vino de frente como un sonido materno, una palabra paterna; llevaba consigo su infancia entera, significaba y contenía todo lo que habían visto, oído, olido y tocado desde que habían nacido: el cántico de los alumnos. Contenía el olor de las comidas calientes y aromáticas, el trasluz blanco y negro que salía de la barba y la cara de su padre, la resonancia del suspiro materno y el lloriqueo de Menuchim, los murmullos de la oración nocturna de Mendel Singer, millones de sucesos innombrables, comunes y especiales. Los dos hermanos asimilaron la melodía que llegaba a través de la nieve con las mismas emociones mientras se acercaban a su casa. Sus corazones latían acompasadamente. La puerta se abrió, Deborah ya los venía viendo llegar desde la ventana hacía rato.

—¡Nos declararon aptos! —dijo Jonas, sin saludar.

De pronto, un silencio aterrador cayó sobre el salón en donde habían sonado las voces de los chicos; un silencio infinito y mucho más inmenso que la habitación, que se había convertido en su presa, un silencio que había nacido de la palabra "aptos" que Jonas recién había pronunciado. Los chicos interrumpieron la lección en medio de la frase que habían estado memorizando. Mendel, que antes iba y venía por el salón, se quedó de pie, miró al vacío, levantó los brazos y los dejó caer de nuevo. Deborah se sentó en uno de los dos banquitos que siempre estaban cerca del hogar, como esperando por años recibir a una madre en pena. Mirjam se había corrido a tientas hacia la esquina, su corazón latía fuerte, creía que todos lo escuchaban. Los chicos estaban atornillados a sus asientos. Sus piernas con medias coloridas de lana, que habían estado balanceándose durante toda la lección, colgaban ahora inmóviles debajo de la mesa. Afuera seguía nevando, y el blanco suave de los copos irradiaba, a través de la ventana, un fulgor pálido hacia la habitación y las caras de los enmudecidos. Solo se escuchaba el crepitar de los restos de madera carbonizada en el hogar y el suave traqueteo en los batientes de la puerta cuando el viento los sacudía. Los hermanos estaban en la puerta, con los palos sobre los hombros, con las bolsas blancas en los palos, como mensajeros e hijos de la desgracia. De repente, Deborah gritó:

—¡Mendel, andá, corré a pedir consejos a la gente!

Mendel Singer se tocó la barba. El silencio ya era historia, las piernas de los chicos empezaron a balancearse sigilosamente, los hermanos dejaron sus bolsas y palos y se acercaron a la mesa.

—¿Qué estupideces estás diciendo? —dijo Mendel Singer—. ¿Adónde querés que vaya? ¿A quién querés que le pida consejos? ¿Quién va a ayudar a un pobre maestro, y cómo? ¿Qué ayuda esperás de la gente, si Dios nos castigó?

Deborah no contestó. Se quedó en silencio, sentada un rato en el banquito. Después se levantó, lo empujó con el pie como si fuera un perro, agarró su bufanda marrón, que estaba tirada en el suelo como un montoncito de lana, y se la ató en la nuca haciendo un nudo fuerte con un movimiento furibundo, como queriendo ahorcarse. Su cara se puso roja, se quedó ahí parada, siseando y como si estuviera llena de agua en ebullición, y de pronto escupió; un proyectil envenenado de saliva blanca cayó a los pies de Mendel Singer. Y, como si eso no hubiera bastado para demostrar su desprecio, después del escupitajo pegó un grito que sonó como "¡puaj!", pero no logró entenderse del todo. Antes de que los presentes, anonadados, lo comprendieran, abrió la puerta. Un viento malvado arrojó copos de nieve blancos a la habitación, sopló en la cara de Mendel Singer, golpeó las piernas en movimiento de los chicos. Luego la puerta se cerró de un golpe. Deborah se había ido.

Caminaba por las calles y sin rumbo, siempre por el medio. Iba con paso apresurado como un coloso marrón y negro a través de la nieve blanca hasta hundirse en ella. Se enredaba con la ropa, se caía, se levantaba con una rapidez inaudita, seguía caminando; todavía no sabía hacia dónde, pero era como si sus pies conocieran el destino aún incierto para su cabeza. El crepúsculo caía más rápido que los copos, las primeras luces amarillas empezaban a resplandecer, las pocas personas que salían de sus casas para cerrar los postigos de las ventanas giraban sus cabezas hacia Deborah y se la quedaban mirando, aunque se estuvieran congelando. Deborah caminó en dirección al cementerio. Cuando llegó a la pequeña verja de madera, se cayó una vez más. Se recompuso, la puerta no quería ceder, la nieve la había bloqueado. Deborah la empujó con sus hombros y logró entrar. El viento ululaba sobre las tumbas. Los muertos parecían más muertos que nunca. El crepúsculo dio paso rápidamente a la noche negra y traslúcida por la nieve. Deborah se dejó caer delante de una de las primeras lápidas de la primera fila. Sacó la nieve con los puños húmedos, como si quisiera asegurarse de que su voz llegara fácilmente a los muertos, eliminando la capa amortiguadora que había entre sus oraciones y los oídos de los santos. Después, Deborah lanzó un grito que sonó como si viniera de un cuerno con un corazón humano empotrado. El grito atravesó toda la ciudad, pero fue olvidado de inmediato. El silencio que sobrevino luego ya no se escuchó. Deborah solo emitió un suave gemido en intervalos cortos, un gemido silencioso, maternal, que fue engullido por la noche y enterrado por la nieve, y que solo los muertos pudieron percibir.

IV

En Kluczýsk, cerca de los parientes de Mendel Singer, vivía Kapturak, un hombre sin edad, sin familia y sin amigos. Era hábil, siempre estaba ocupado y conocía muy bien a las autoridades. Deborah quería intentar conseguir su ayuda. De los setenta rublos que Kapturak pedía antes de establecer contacto con los clientes, ella tenía apenas veinticinco que había ahorrado en secreto durante largos años de trabajo arduo. Estaban guardados en una bolsita de cuero debajo de un tablón, y solo ella lo sabía. Los viernes, cuando fregaba el piso, levantaba rápido el tablón. Su esperanza maternal hacía que los cuarenta y cinco rublos que le faltaban le parecieran menos que la suma que ya tenía. Porque al monto ya acumulado le sumaba los años en los que había juntado el dinero, las privaciones y la alegría silenciosa y ferviente del recuento.

Mendel Singer intentó, en vano, describirle lo inaccesible que era Kapturak, que tenía un corazón de piedra y un monedero hambriento.

—Qué querés, Deborah —dijo Mendel Singer—, los pobres son impotentes, Dios no les tira ni una pepita de oro del cielo, no ganan la lotería y tienen que cargar con su destino con lealtad. Dios da a unos y les quita a otros. No sé por qué nos castiga, primero con la enfermedad de Menuchim y ahora con la salud de los chicos. Ay, al pobre le va mal cuando está sano y cuando está enfermo. ¡Cada uno carga con su destino! ¡Dejalos ir a los chicos, no se van a corromper! No hay violencia que valga contra la voluntad del cielo. Él lanza rayos y truenos, cubre toda la Tierra, es imposible escaparse. Así está escrito.

Deborah, con la mano en la cadera apoyada sobre el manojo oxidado de llaves, respondió:

—El ser humano debe buscar ayuda, y Dios lo va a ayudar. ¡Así está escrito, Mendel! Siempre te aprendés de memoria las frases incorrectas. ¡Miles de palabras fueron escritas, y vos te acordás de las más superficiales! ¡Te volviste un necio porque das clases! A tus alumnos les das algo de conocimiento y ellos te dejan toda su estupidez. ¡Sos maestro, Mendel, maestro!

Mendel Singer no presumía de su conocimiento o de su profesión. Sin embargo, las palabras de Deborah lo molestaron, sus reproches le carcomieron lentamente su bondad, y en su corazón ya ardían las llamas rojas de la indignación. Se dio vuelta para no tener que seguir mirándola a la cara. Sentía que conocía su rostro hacía mucho, mucho antes de que se casaran, desde la infancia, quizás. Por muchos años le pareció que se veía igual que en el día de su casamiento. No había notado cómo la carne se desprendía de sus mejillas como cal de la pared, cómo la piel se tensaba alrededor de su nariz mientras iba quedando suelta debajo de su mentón, cómo los párpados se arrugaban formando redes sobre los ojos y cómo la negrura se debilitaba hasta convertirse en un marrón frío y sobrio; frío, aprehensivo y sin esperanza. Un día, ya no recordaba cuándo podía haber sido (quizás fue aquella misma mañana en la que estaba durmiendo y uno de sus ojos había tomado por sorpresa a Deborah), un día se dio cuenta. Fue como estar en un segundo matrimonio, repetido, pero esta vez con la fealdad, la amargura, la vejez progresiva de su mujer. Sin embargo, la sintió más cerca que antes, casi como incorporada a él, inseparable y eterna, pero insoportable, penosa y un poco odiosa también. Había pasado de ser la mujer con la que se unía solo en la oscuridad a algo parecido a una enfermedad, con la que estaba día y noche, que le pertenecía, que ya no necesitaba compartir con el mundo y cuya enemistad fiel lo estaba matando. ¡Claro que él era solo un maestro! Su padre y su abuelo también lo habían sido. Él no podía ser otra cosa. Toda nuestra existencia se ve perjudicada cuando nos critican la profesión, cuando intentan exterminarnos del mundo. Contra eso se defendía Mendel Singer.

La realidad es que Mendel se alegró cuando Deborah se fue. Mientras ella hacía los preparativos para el viaje, la casa ya estaba vacía, Jonas y Schemarjah andaban por la calle,

Mirjam estaba en lo de los vecinos o se había ido a pasear. Al mediodía, antes de que volvieran los alumnos, solo Mendel y Menuchim estaban en la casa. Mendel tomaba una sopa de cebada, que él mismo había cocinado, y dejaba unos restos considerables en el plato de loza para Menuchim. Corría el pasador para que el chiquito no se arrastrara delante de la puerta, como solía hacer. Luego iba hacia el rincón, lo levantaba, lo sentaba en sus rodillas y empezaba a darle de comer.

A Mendel le encantaban esas horas silenciosas. Le gustaba quedarse solo con su hijo. Sí, a veces pensaba si no era mejor que ellos dos se quedaran juntos, sin madre, sin hermanos, sin hermana. Un día, después de que Menuchim se terminara toda la sopa cucharada tras cucharada, su padre lo sentó sobre la mesa. Se quedó sentado frente a él e inspeccionó con curiosidad tierna su cara ancha, de color amarillo pálido, con arrugas en la frente, los párpados plegados y la papada fláccida. Intentó adivinar qué estaría pasando por su ancha cabeza; quería llegar a su cerebro a través de los ojos como si fueran ventanas y, hablando a veces bajito y a veces fuerte, arrancarle una expresión al chiquito apático. Pronunció diez veces seguidas el nombre de Menuchim. Formaba los sonidos con los labios muy lentamente, para que Menuchim los viera si no podía escuchar. Pero Menuchim no reaccionaba. Entonces, Mendel agarró su cuchara, la golpeó contra un vaso y Menuchim giró la cabeza de inmediato. Una pequeña lucecita ardió en sus ojos grises, grandes y saltones. Mendel siguió golpeando el vaso y empezó a cantar una canción siguiendo el ritmo con la cuchara, y Menuchim mostró una agitación evidente; giraba la cabeza con esfuerzo y balanceaba las piernas. De a ratos gritaba:

—¡Mamá, mamá!

Mendel se levantó, agarró el libro negro de la Biblia, abrió en la primera página y la sostuvo delante de la cara de Menuchim y empezó a leer la primera oración, entonando la misma melodía que solía usar cuando daba clases:

—En el principio creó Dios los cielos y la tierra.

Esperó un momento con la esperanza de que Menuchim repitiera la frase. Pero Menuchim no reaccionó. Solo permanecía con la luz atenta en sus ojos. Mendel dejó el libro, miró con tristeza a su hijo y continuó con el mismo tono monótono:

—¡Escuchame, Menuchim, estoy solo! Tus hermanos están grandes y ya son como extraños para mí, se van a ir con los soldados. Tu madre es una mujer, ¿qué le puedo pedir? Vos sos mi hijo más chico, en vos deposité mi última esperanza. ¿Por qué no hablás, Menuchim? ¡Vos sos mi hijo verdadero! Mirá acá, Menuchim, y repetí la frase: "En el principio creó Dios los cielos y la tierra".

Mendel volvió a esperar un momento. Menuchim permaneció inmóvil. Mendel volvió a golpear la cuchara con el vaso. Menuchim se dio vuelta. Mendel aprovechó el instante de atención y dijo de nuevo:

—¡Escuchame, Menuchim! ¡Ya estoy viejo, vos sos el único hijo que me queda, Menuchim! Escuchá y repetí: "En el principio creó Dios los cielos y la tierra".

Pero Menuchim permaneció inmóvil. Dando un gran suspiro, Mendel dejó a Menuchim de nuevo en el piso. Corrió el pasador y se paró en la puerta para esperar a sus alumnos. Menuchim lo siguió, arrastrándose, y se quedó en cuclillas en el umbral. El reloj de la torre dio siete campanadas, cuatro graves y tres agudas. En ese momento, Menuchim gritó:

—¡Mamá, mamá!

Y cuando Mendel se dio vuelta, vio que el chiquito estiraba la cabeza en el aire, como queriendo inhalar el sonido persistente de las campanadas. ¿Por qué este castigo?, pensó Mendel. Y empezó a buscar con la mente si había cometido algún pecado, pero no encontró ninguno grave. Los alumnos llegaron y él entró de nuevo a la casa con ellos. Mientras iba y venía por la habitación, retaba a alguno, le pegaba en los nudillos a otro y le golpeaba suavemente las costillas a un tercero, no podía dejar de pensar: ¿Dónde está el pecado? ¿Dónde se esconde?

Mientras tanto, Deborah había ido a ver al cochero Sameschkin. Le preguntó si en algún momento la podría llevar a Kluczýsk sin pagar.

—Sí —dijo Sameschkin.

Estaba sentado en un banco al lado del hogar, sin moverse, con los pies metidos en sacos de color amarillo grisáceo, envueltos en una cuerda, y olía a aguardiente casero. Deborah olió el aguardiente como se huele a un enemigo. Era el olor peligroso de los campesinos, el presagio de pasiones inconcebibles y el que acompañaba los pogromos.

—Sí —dijo Sameschkin—, ¡si tan solo los caminos estuvieran más transitables!

—Ya me llevaste una vez en otoño, y los caminos estaban peor que ahora.

—No me acuerdo —dijo Sameschkin—, estás confundida, debe haber sido en un día seco de verano.

—De ninguna manera —respondió Deborah—, era otoño, llovía, y yo fui a ver al rabino.

—Ves —dijo Sameschkin, y sus pies dentro de los sacos empezaron a balancearse rápidamente, porque el banco estaba bastante alto y Sameschkin era bastante petiso—, ves —dijo—, fuiste a ver al rabino, fue antes de las grandes fiestas de ustedes, fue en esa época que te llevé. ¡Pero ahora no vas a ver al rabino!

—Viajo por un asunto muy importante —dijo Deborah—, ¡Jonas y Schemarjah no pueden convertirse en soldados!

—Yo fui soldado por siete años —dijo Sameschkin—, y dos los pasé en la cárcel porque cometí un robo. ¡Era una tontería, dicho sea de paso!

Deborah entró a desesperarse. Sus relatos le confirmaban lo extraño que él era para ella, para ella y para sus hijos, que no robaban y que no irían a la cárcel. Entonces, decidió actuar rápido:

—¿Cuánto te tengo que pagar?

—¡Nada! ¡No exijo dinero ni quiero viajar! El caballo blanco está viejo, y el marrón perdió dos herraduras al mismo tiempo. Además, está todo el día comiendo avena después de hacer solo un poco más de dos kilómetros. Ya no lo puedo tener más, lo quiero vender. ¡Ser cochero no es vida!

—Jonas va a llevar al marrón al herrero —dijo Deborah, insistente—, él mismo va a pagar por las herraduras.

—¡Así puede ser! —contestó Sameschkin—. Pero si Jonas quiere hacer eso, también va a tener que reparar una rueda.

—¡También lo va a hacer! —prometió Deborah—. Entonces viajamos la semana que viene.

Y así Deborah viajó a Kluczýsk a ver al siniestro Kapturak. Le hubiera gustado más ir a ver al rabino, ya que no había dudas de que lo que su boca finita y sagrada pudiera decirle iba a ser más valioso que la protección de Kapturak. Pero el rabino no recibía a nadie entre Pascuas y Pentecostés, salvo que fueran casos urgentes, de vida o muerte. Se encontró con Kapturak en la taberna; estaba escribiendo sentado al lado de la ventana, rodeado de campesinos y judíos. Su gorro abierto, con el forro dado vuelta como una mano extendida, estaba sobre la mesa junto a los papeles. Dentro del gorro había muchas monedas de plata que llamaban la atención de todos los presentes. Kapturak las controlaba de vez en cuando, aunque sabía que nadie se animaría a sacarle ni un kopek. Escribía solicitudes, cartas de amor y giros postales para los analfabetos (también podía extraer dientes y cortar el pelo).

—Tengo que hablar con vos de algo muy importante —le dijo Deborah, por encima de las cabezas de los presentes. Kapturak corrió los papeles, las personas se dispersaron, sacó el dinero del gorro y lo guardó en un pañuelo. Luego invitó a Deborah a que se sentara.

Ella miró sus ojos duros y chiquitos como si fueran botones rígidos y brillantes de cuerno.

—¡Mis hijos fueron reclutados! —dijo ella.

—Vos sos una mujer pobre —dijo Kapturak con una voz lejana y cantarina, como si estuviera leyendo de las cartas—. No pudiste ahorrar nada, y nadie te puede ayudar.

—Sí, ahorré.

—¿Cuánto?

—Veinticuatro rublos y setenta kopeks. Ya tuve que gastar un rublo para verte.

—¡Entonces te quedan veintitrés!

—¡Veintitrés rublos y setenta kopeks! —corrigió Deborah.

Kapturak levantó la mano derecha, estiró el dedo del medio y el índice, y preguntó:

—¿Y dos hijos?

—Dos —susurró Deborah.

—¡Uno solo ya cuesta veinticinco!

—¿Para mí?

—¡Para vos también!

Hablaron por media hora. Kapturak, finalmente, aceptó veintitrés por uno. ¡Al menos uno!, pensó Deborah. Pero, en el viaje de vuelta, sentada en el coche de Sameschkin, con las ruedas sacudiendo su cabeza y sus entrañas, le pareció que su situación era ahora más miserable que antes. ¿Cómo iba a elegir entre sus dos hijos? ¿Jonas o Schemarjah?, se preguntaba constantemente. Mejor uno que ambos, le dictaba la razón y se lamentaba el corazón.

Cuando llegó a la casa, empezó a contarles a sus hijos el veredicto de Kapturak. Jonas, el mayor, la interrumpió diciendo:

—¡Me voy yo con los soldados!

Deborah, Mirjam, Schemarjah y Mendel Singer se quedaron duros como troncos. Como Jonas no habló más, Schemarjah dijo:

—¡Vos sí que sos un hermano! ¡Sos un buen hermano!

—No —respondió Jonas—, ¡yo quiero ir con los soldados!

—Quizás en seis meses estás libre —dijo el padre, a modo de consuelo.

—No —dijo Jonas—, ¡no quiero eso! ¡Me quedo con los soldados!

Todos se pusieron a murmurar la oración nocturna. Se desvistieron en silencio. Luego, Mirjam se acercó a la lámpara en puntitas de pie y la apagó de un soplo. Se fueron a dormir.

Al día siguiente, Jonas había desaparecido. Lo buscaron toda la mañana. Recién más tarde a la noche, Mirjam logró divisarlo. Cabalgaba un caballo blanco, llevaba puesta una chaqueta marrón y un gorro de soldado.

—¿Ya sos soldado? —le gritó Mirjam.

—Todavía no —dijo Jonas, y frenó al caballo—. Dejale saludos a papá y a mamá. Me estoy quedando temporalmente con Sameschkin, hasta que tenga que enlistarme. Deciles que ya no podía soportar quedarme con ustedes, ¡pero les tengo mucho cariño!

Entonces silbó, tiró de las riendas y siguió cabalgando.

Desde aquel momento se convirtió en el cuidador de caballos del cochero Sameschkin. Cepillaba al blanco y al marrón, dormía junto a ellos en el establo, aspiraba con las fosas nasales abiertas y gustosas el olor a orina picante y sudor agrio. Buscaba la avena y el balde de agua, arreglaba las riendas, recortaba las colas, colgaba campanas nuevas en el yugo, llenaba los comederos, cambiaba el heno podrido por heno seco, tomaba samogón con Sameschkin, se emborrachaba y se acostaba con mujeres. En su casa lo lloraban como si estuviera perdido, pero no lo olvidaban. Llegó el verano, seco y cálido. Las noches caían lentas y doradas sobre el campo. Jonas se sentaba delante de la cabaña de Sameschkin y tocaba el acordeón. Estaba siempre muy borracho y no reconocía ni a su propio padre, que a veces pasaba por ahí, vacilante, como una sombra que temía de sí misma, un padre atónito que no podía concebir que ese hijo había salido de su propia carne.

V

El veinte de agosto llegó un mensajero a la casa de Mendel Singer para llevarse a Schemarjah. Todos lo habían estado esperando durante esos días. Pero cuando finalmente se hizo presente, se sorprendieron y se asustaron. Era un hombre común, de estatura común y apariencia común; en la cabeza, llevaba un gorro de soldado azul y, en la boca, un cigarrillo finito armado. Cuando lo invitaron a pasar a tomar un té, se negó.

—Prefiero esperar afuera —dijo, y la manera en la que se expresó daba a entender que estaba acostumbrado a eso.

Pero aquella decisión hizo que la familia de Mendel Singer se pusiera más nerviosa aún. A cada rato miraban desde la ventana al hombre de gorro azul, parado allí como un guarda, y se movían con más ímpetu cada vez. Iban guardando las cosas de Schemarjah: un traje, las filacterias, provisiones para el viaje, un cuchillo para el pan. Mirjam llevaba y traía las cosas, que eran cada vez más. Menuchim, que ya podía alcanzar la mesa, estiraba el mentón con curiosidad y torpeza, y balbuceaba sin parar la única palabra que sabía: "Mamá". Mendel Singer estaba parado ante la ventana y tamborileaba con los dedos sobre el cristal. Deborah lloraba en silencio, sus ojos enviaban hacia la boca una lágrima tras otra. Cuando el equipaje de Schemarjah estuvo listo, todo les resultó demasiado miserable, y buscaron sin éxito para ver si descubrían en la habitación algún objeto más para guardar. Durante todo ese rato no habían hablado entre ellos. Ahora que el bulto blanco estaba junto al palo sobre la mesa, Mendel Singer se alejó de la ventana, fue hacia el salón y le dijo a su hijo:

—Lo antes posible, ni bien puedas, nos mandás algún mensaje, ¡no te olvides!

Deborah sollozó fuerte, abrió los brazos y abrazó a su hijo. Se abrazaron por un largo rato.

Luego, Schemarjah se desprendió de ella violentamente, fue hacia su hermana y le dio unos besos ruidosos en ambas mejillas. Su padre extendió sus manos sobre ellos a modo de bendición y murmuró rápido algo incomprensible. Con un poco de miedo, Schemarjah se acercó a Menuchim, que miraba con la boca abierta. Por primera vez valía la pena abrazar al chiquito enfermo. Schemarjah lo besó, pero sintió que no había besado a un hermano, sino a un símbolo que no brindaba respuestas. A todos les habría gustado decir algo. Pero ninguno encontraba las palabras adecuadas. Sabían que era una despedida para siempre. En el mejor de los casos, Schemarjah iba a estar sano y salvo en el extranjero. En el peor de los casos, lo atraparían en la frontera y lo ejecutarían luego, o lo matarían directamente en el puesto de frontera. ¿Qué se dice cuando uno se despide para siempre? Schemarjah se cargó al hombro la bolsa blanca y abrió la puerta con el pie. No volvió a mirar para atrás. En el momento en que pasó el umbral, intentó olvidar su casa y su familia. A sus espaldas se escuchó una vez más un fuerte grito de Deborah. La puerta se volvió a cerrar. Sintiendo que su madre se había desmayado, Schemarjah se acercó más a su acompañante.

—Justo detrás de la plaza del mercado —dijo el hombre con el gorro azul— nos esperan los caballos.

Cuando pasaron por delante de la casilla de Sameschkin, Schemarjah se frenó. Miró el pequeño jardín y luego el establo abierto y vacío. Su hermano Jonas no estaba. Pensó con nostalgia en su hermano perdido, que se había sacrificado voluntariamente, o eso creía todavía Schemarjah. Es medio bruto pero noble y valiente, pensó. Luego, dando pasos uniformes, continuó la marcha al lado del extraño.

Detrás de la plaza del mercado estaban los caballos, como había dicho aquel hombre. Tres días tardaron en llegar a la frontera, porque evitaron tomar el ferrocarril. En el camino, el acompañante de Schemarjah dio sobradas muestras de que conocía muy bien el país. Lo ponía de manifiesto sin que Schemarjah le preguntara nada. Señalaba las torres de las iglesias a lo lejos y nombraba los pueblos a los que pertenecían. Hablaba de las fincas y de los bienes y de sus propietarios.

Muchas veces se desviaba de la calle ancha y tomaba los caminos angostos. Parecía querer que Schemarjah se familiarizara rápido con su patria, antes de que el joven saliera a buscar una nueva. Y así Schemarjah llevó para siempre la nostalgia en su corazón.

Llegaron a la taberna de la frontera una hora antes de medianoche. Era una noche tranquila. La taberna era la única casa que había, una casa en medio de la tranquilidad de la noche, una casa muda, oscura, con ventanas gruesas y sin ningún atisbo de vida detrás. Millones de grillos cantaban sin parar como un coro de susurros nocturno. No se escuchaba nada más. El campo era llano, el horizonte estrellado dibujaba un círculo perfectamente redondo y azul oscuro, que solo se interrumpía en el nordeste por una línea clara, como un anillo azul de una pieza de plata ribeteada. Se podía oler la humedad lejana de los pantanos que se extendían en el oeste y el viento suave que la traía.

—¡Es una verdadera y hermosa noche de verano! —dijo el mensajero de Kapturak. Y por primera vez desde que estaban juntos se dignó a hablar del asunto que los convocaba—:

En noches tan silenciosas como esta no siempre se viaja tranquilo. Para lo que tenemos que hacer es más útil la lluvia.

Schemarjah tuvo un poco de miedo. Porque no había pensado en el significado de la taberna muda y cerrada hasta que las palabras de su acompañante le recordaron su propósito.

—¡Entremos! —dijo, como queriendo no posponer más el peligro—. No hace falta que te apures, vamos a tener que esperar bastante.

Así y todo, se acercó a la ventana de la casa de madera y golpeó despacio. Se abrió la puerta, y una luz amarilla iluminó la tierra nocturna. Entraron. Los saludó el tabernero, que estaba detrás de la barra, justo bajo el foco de luz de una lámpara colgante. En el piso, unos hombres en cuclillas tiraban dados. Kapturak estaba sentado en una mesa con un hombre de uniforme de guardia. Nadie levantó la mirada. Se escuchaba el golpe de los dados y el tictac del reloj de pared. Schemarjah se sentó. Su acompañante pidió algo para tomar. Schemarjah tomó aguardiente, se acaloró, pero estaba tranquilo. Sentía una seguridad que nunca antes había sentido; sabía que estaba viviendo una de esas pocas horas en las que el ser humano no tiene más que plasmar en su destino la enorme violencia que el destino mismo le regala.

Un poco después de que el reloj hubiera dado las doce, se escuchó un disparo fuerte y agudo que dejó un eco pasajero. Kapturak y el guardia se pusieron de pie. Era la señal acordada con la que el centinela daba a entender que el control nocturno de los oficiales de frontera había terminado. El guardia desapareció. Kapturak instó a la gente a que saliera. Todos se levantaron lentamente, se pusieron al hombro sus bultos y valijas, la puerta se abrió y se fueron escurriendo de a uno en la noche para tomar el camino hacia la frontera. Intentaron ponerse a cantar; una voz les prohibió hacerlo: era la voz de Kapturak, que no se sabía si provenía de las primeras filas, de las del medio o de las últimas. Entonces atravesaron callados el canto de los grillos y el azul profundo de la noche. Media hora más tarde, la voz de Kapturak les ordenó:

—¡Cuerpo a tierra!

Se dejaron caer al suelo húmedo y allí se quedaron inmóviles, apretando el corazón agitado contra la tierra mojada. El corazón se despedía de la patria. Luego, fueron obligados a levantarse. Llegaron a una fosa ancha y poco profunda. A la izquierda parpadeaba una luz, era la luz de la casilla de los guardias. Atravesaron la fosa. Por obligación, pero sin apuntar directamente a nadie, el centinela disparó su fusil.

—¡Estamos afuera! —gritó una voz.

En ese momento, el cielo clareó en el este. Los hombres se dieron vuelta para ver su patria, en donde todavía parecía que era de noche, y se volvieron hacia el día y hacia lo nuevo.

Uno empezó a cantar, todos lo siguieron, y así se pusieron en marcha. Schemarjah era el único que no cantaba.

Pensaba en su futuro próximo (solo tenía dos rublos) y en las mañanas en su casa. Allí, dos horas más tarde, el padre se levantaría, murmuraría una oración, carraspearía, haría gárgaras, se acercaría a la fuente y la llenaría de agua. Su madre soplaría dentro del samovar. Menuchim balbucearía algo; Mirjam se sacaría plumas blancas de su pelo negro. Schemarjah podía ver todo esto con claridad, como nunca antes lo había visto, incluso estando en su casa y siendo parte de la mañana hogareña. Apenas si escuchaba el canto de los otros, solo seguía el ritmo con sus pies y marchaba con ellos. Una hora más tarde, divisó la primera ciudad extranjera, el humo azul de las primeras chimeneas diligentes y a un hombre con un brazalete amarillo que recibió a los recién llegados. El reloj de una torre dio las seis.

El reloj de pared de los Singer también dio las seis. Mendel se levantó, hizo gárgaras, carraspeó, murmuró una oración. Deborah ya estaba al lado del hogar y soplaba dentro del samovar. Menuchim balbuceaba algo incomprensible desde un rincón; Mirjam se peinaba delante del espejo. Luego, Deborah empezó a sorber el té caliente, todavía parada al lado del hogar.

—¿Dónde estará Schemarjah? —dijo de repente. Todos habían estado pensando en él.

—¡Dios lo va a ayudar! —dijo Mendel Singer. Y así comenzó el día.

Así comenzaron todos los días, días vacíos, días angustiantes. Una casa sin chicos, pensaba Deborah. Yo los parí, los amamanté, y un viento se los llevó. Buscaba a Mirjam, pero estaba poco en la casa. Solo le quedaba Menuchim. Cada vez que ella pasaba por su rincón, él estiraba los brazos. Y cuando ella lo besaba, él buscaba su pecho, como un bebé. Llena de reproches, pensaba en la bendición que se cumplía con tanta lentitud y dudaba si estaría viva para ver a Menuchim sano.

La casa se callaba cuando los alumnos dejaban de recitar. Se callaba y se oscurecía. El invierno había llegado una vez más. Había que ahorrar petróleo, se iban a dormir temprano. Se sumergían, agradecidos, en la noche benévola. De tanto en tanto, Jonas mandaba saludos. Prestaba servicio en Pskow, gozaba de buena salud y no tenía problemas con sus superiores.

Así pasaron los años.

VI

Una tarde, hacia fines del verano, un extraño llegó a la casa de Mendel Singer. La puerta y las ventanas estaban abiertas. Las moscas negras, silenciosas y satisfechas, se adherían a las paredes calientes por el sol, y el canto de los alumnos salía de la casa abierta y llegaba hasta la calle. De pronto, vieron al hombre extraño en el marco de la puerta y enmudecieron. Deborah se levantó del banquito. Del otro lado de la calle venía Mirjam, apurada, con Menuchim sacudiéndose en su mano firme. Mendel Singer se paró delante del extraño y lo examinó. Era un hombre peculiar. Llevaba un gran sombrero negro de ala ancha, pantalones anchos, claros y ondeantes, botas amarillas sólidas, y sobre su camisa verde oscuro flameaba una corbata roja como una bandera. Sin moverse, dijo algo que evidenciaba un saludo en un idioma incomprensible. Sonó como si tuviera una cereza en la boca; de los bolsillos sobresalían unos tallos verdes. El labio superior, terso y larguísimo, se movía hacia delante como una cortina y revelaba una dentadura fuerte y amarilla como la de un caballo. Los chicos se rieron, incluso Mendel Singer esbozó una sonrisa. El extraño sacó una carta doblada a lo largo y leyó la dirección y el apellido de la familia de manera tan rara que todos se volvieron a reír.

—¡Estados Unidos! —dijo el hombre y le alcanzó la carta a Mendel Singer.

Mendel tuvo un alegre presentimiento y su cara se iluminó.

—Schemarjah —dijo.

Despidió a sus alumnos moviendo las manos, como espantando moscas. Se fueron. El extraño se sentó. Deborah llevó a la mesa té, bombones y limonada. Mendel abrió la carta. Deborah y Mirjam también se sentaron. Y luego Singer empezó a leer en voz alta:

¡Querido padre, querida madre, estimada Mirjam y buen Menuchim!

No me dirijo a Jonas, porque está con los militares. Y les pido que no le hagan llegar esta carta de forma directa, porque podría tener serias dificultades si se cartea con un hermano que es un desertor. Es por eso también que tardé tanto en escribirles, hasta que finalmente tuve la posibilidad de mandarles esta carta a través de mi buen amigo Mac. Él ya los conoce porque le conté sobre ustedes, pero no va a poder hablarles porque no solo él es estadounidense, sus padres también, y además no es judío. Pero es mejor que diez judíos.

Les empiezo a contar desde el principio hasta hoy. Primero, cuando llegué a la frontera, no tenía nada para comer, llevaba solo dos rublos en el bolsillo, pero pensé: "Dios me va a ayudar". Un hombre con un gorro de funcionario, de una compañía naviera de Trieste, se acercó a la frontera para llevarnos. Éramos doce; los otros once hombres tenían dinero, compraron papeles falsos y pasajes, y el agente de la compañía naviera se los llevó al tren. Yo fui con ellos. Pensé: "No puede pasar nada malo". Voy y, de última, veo cómo es esto de viajar a Estados Unidos. Entonces me quedé solo con el agente y se sorprendió de que yo no viajara. "No tengo kopeks", le dije. Me preguntó si sabía leer y escribir. "Un poco", le dije, "pero quizás sea suficiente". Para no hacerlo tan largo, el hombre me ofreció un trabajo. Todos los días, cuando llegan los desertores para ir a la frontera, tengo que buscarlos, comprarles todo y convencerlos de que Estados Unidos es la tierra que mana leche y miel. *Well*: empecé a trabajar, y el cincuenta por ciento de las ganancias van para el agente, porque yo solo soy un subagente. Él lleva un gorro con el nombre de la compañía bordado en oro; yo, solo un brazalete. Después de dos meses, le digo que yo tenía que llevarme el sesenta por ciento, si no, no trabajaba más. Me dio el sesenta. En resumen, en la casa de mi anfitrión conozco a una hermosa chica, se llama Vega y ahora es la nuera de ustedes. Su padre me dio algo de dinero para que empezara un negocio, pero no me puedo olvidar de que los once hombres se fueron a Estados Unidos y yo me quedé acá. Entonces me despido de Vega. Yo sé mucho sobre transportes —es mi especialidad— y me voy a Estados Unidos. Y acá estoy, hace dos meses vino Vega también, nos casamos y somos muy felices. Mac tiene las fotos. Al principio cosí botones de pantalones, después planché pantalones, después cosí forros de mangas y casi me habría convertido en sastre, como todos los judíos en Estados Unidos. Pero en una excursión a Long Island, en Fort Lafayette, conocí a Mac. Cuando vengan les muestro el lugar. A partir de ahí empecé a trabajar con él en todo tipo de negocios. Hasta que empezamos con los seguros. Yo me encargo de los seguros para judíos y él, para irlandeses, incluso aseguré a algunos cristianos. Mac les va a dar diez dólares de parte mía, con eso cómprense algo para el viaje. En breve les mando los pasajes, si Dios quiere.

Los abrazo y los beso a todos,
su hijo Schemarjah (acá me llamo Sam)

Cuando Mendel Singer terminó de leer la carta, en la habitación se hizo un silencio atronador que parecía mezclarse con la calma del fin del verano, y todos los miembros de la familia creyeron escuchar la voz del hijo expatriado. Sí, Schemarjah mismo era el que hablaba, desde allá, desde la lejana tierra de Estados Unidos, en donde quizás, a esa hora, fuera de noche o de mañana. Por un breve instante, todos se olvidaron de la presencia de Mac. Era como si se hubiera vuelto invisible detrás del lejano Schemarjah, como un cartero que entrega una carta y desaparece. Él mismo, el estadounidense, tuvo que recordar que estaba allí. Se levantó y se puso la mano en el bolsillo como un mago que se prepara

para hacer un truco. Sacó una billetera, extrajo diez dólares y fotos; en una se podía ver a Schemarjah con su mujer Vega en un banco sobre un césped y en otra estaba él solo en la playa, en traje de baño, un cuerpo y un rostro entre decenas de cuerpos y rostros extraños; ya no era Schemarjah, era Sam. Le dio a Deborah el billete de diez dólares y las fotos después de inspeccionar a todos, como para comprobar que eran dignos de confianza. Deborah estrujó el billete con una mano, y con la otra colocó las fotos sobre la mesa, al lado de la carta. Todo esto duró unos minutos, durante los cuales todos siguieron en silencio. Por fin, Mendel Singer puso su dedo índice sobra la foto y dijo:

—¡Este es Schemarjah!

—¡Schemarjah! —repitieron todos, e incluso Menuchim largó una carcajada y posó, con cautela, una de sus tímidas miradas bizcas sobre las fotos.

Para Mendel Singer era como si de pronto el extraño ya no fuera un extraño y como si fuera a entender su idioma tan peculiar.

—¡Contame algo! —le dijo a Mac.

Y el estadounidense, como si hubiera entendido lo que Mendel le había dicho, empezó a mover la boca y a contar algo incomprensible con alegre entusiasmo. Hablaba como si estuviera masticando una comida exquisita con gran apetito. Les contó a los Singer que había llegado a Rusia por el negocio del lúpulo (lo suyo era poner cervecerías en Chicago). Pero los Singer no le entendieron nada. También les contó que, ya que estaba aquí, quería conocer el Cáucaso y en especial subir el monte Ararat, sobre el que había leído mucho en la Biblia. Mientras escuchaban lo que Mac contaba con gestos y ademanes, para, aunque sea, cazar al vuelo una mínima sílaba de toda esa mescolanza estridente, sus corazones se estremecieron ante la palabra "Ararat", que curiosamente les resultó familiar, pero también se transformó en horror. Mac la había pronunciado con un estruendo peligroso y terrible. Mendel Singer se empezó a reír sin parar. Le resultaba agradable escuchar ese idioma, que ahora también se había convertido en el idioma de Schemarjah, y, mientras Mac hablaba, Mendel trataba de imaginarse cómo se vería su hijo al decir palabras como esas. Y enseguida le pareció que era la voz de su propio hijo la que salía de la alegre boca pulverizadora del extraño.

Mac terminó su discurso y rodeó la mesa, saludando a cada uno con un fuerte y sentido apretón de manos. Levantó a Menuchim de un tirón, observó su cabeza inclinada, el cuello finito, las manos azules y sin vida, y las piernas torcidas, y lo sentó en el piso con un desprecio tierno y contemplativo, como queriendo expresar que las criaturas extrañas de la Tierra tienen que andar agachadas, y no pararse a la mesa. Luego se fue por la puerta abierta, dando pasos largos, anchos, y un poco tambaleantes, con las manos en los bolsillos, y tras él se agolpó toda la familia. Todos se llevaron las manos a la frente para mirar la calle soleada por la que Mac caminaba. Al llegar a la esquina, se quedó parado para devolverles un corto saludo.

Se quedaron un largo rato afuera, incluso después de que Mac se hubiera ido. Tenían las manos por encima de los ojos y miraban el fulgor polvoriento de la calle vacía. Finalmente, Deborah dijo:

—¡Ya se fue!

Y, como si el extraño recién en ese instante hubiera desaparecido, todos volvieron a entrar sin soltarse, uno con el brazo sobre el hombro del otro, y se quedaron delante de las fotos que estaban sobre la mesa.

—¿Cuánto son diez dólares? —preguntó Mirjam y se puso a hacer cuentas.

—Da igual cuánto sean diez dólares —dijo Deborah—, no nos vamos a comprar nada.

—¿Por qué no? ¿Vamos a viajar con estos harapos?

—¿Quién va a viajar y a dónde? —gritó la madre.

—A Estados Unidos —dijo Mirjam y sonrió—. Sam lo dijo en la carta.

Por primera vez, un miembro de la familia llamaba "Sam" a Schemarjah, y fue como si Mirjam hubiera dicho el nuevo nombre de su hermano a propósito, para otorgarle peso a la demanda de que la familia viajara.

—¡Sam! —vociferó Mendel Singer—. ¿Quién es Sam?

—Eso, ¿quién es Sam? —repitió Deborah.

—Sam —dijo Mirjam, todavía sonriendo— es mi hermano, que está en Estados Unidos, ¡y es su hijo!

Los padres no dijeron nada.

De pronto, Menuchim chilló desde el rincón en el que se había escondido.

—¡Menuchim no puede viajar! —dijo Deborah en voz baja, como temiendo que el chico enfermo la escuchara.

—¡Menuchim no puede viajar! —repitió, también en voz baja, Mendel Singer.

El sol parecía estar cayendo muy rápido. Sobre la pared de la casa de enfrente que todos estaban mirando a través de la ventana abierta, se podía ver cómo la sombra negra crecía como el mar que rebasa las orillas al subir la marea. Se levantó un viento suave y los goznes de los postigos de la ventana chirriaron.

—¡Cerrá la puerta, que entra la corriente! —dijo Deborah.

Mirjam fue hasta la puerta. Apenas tocó el picaporte, se quedó un rato en silencio y asomó la cabeza por el marco de la puerta en dirección hacia donde se había ido Mac. Luego la cerró con un fuerte golpe y dijo:

—¡Fue el viento!

Mendel caminó hacia la ventana. Miró cómo la sombra de la noche reptaba por la pared. Levantó la cabeza y observó la cumbrera dorada de la casa de enfrente. Se quedó así por un rato largo, dándoles la espalda a la habitación, a su mujer, a su hija y al enfermo Menuchim. Sentía sus presencias y podía adivinar sus movimientos. Sabía que Deborah tenía la cabeza apoyada sobre la mesa como para ponerse a llorar, que Mirjam giraba su cabeza hacia el hogar y que de vez en cuando encogía los hombros, pero no lloraba. Sabía que su mujer esperaba el momento en que él buscara el oracional para ir a la sinagoga y decir la oración nocturna, y que Mirjam agarraría su bufanda amarilla para ir a lo de los vecinos. Luego, Deborah iría a enterrar el billete de diez dólares que todavía tenía en su mano. Mendel Singer sabía de la existencia del tablón. Cada vez que lo pisaba, le develaba con sus crujidos el secreto que guardaba, y le recordaba al gruñido de los perros que Sameschkin tenía atados en su establo. Mendel Singer sabía de la existencia del tablón. Y para no tener que pensar en los perros negros de Sameschkin —le parecían siniestros, figuras vivas del pecado—, evitaba pisarlo siempre que se acordara y anduviera de acá para allá en la habitación.

Al ver los rayos dorados del sol que se volvían cada vez más angostos y se deslizaban por el techo hacia la chimenea blanca, Mendel sintió por primera vez en su vida el andar furtivo, peligroso y silencioso de los días, la astucia engañosa de la eterna alternancia entre día y noche, entre invierno y verano, y el fluir uniforme de la vida, a pesar de todos los sustos, los esperados y los sorpresivos. Los días crecían solamente en orillas volubles, y Mendel Singer las rozaba. Un hombre llegó de Estados Unidos, sonrió, trajo una carta, dólares y fotos de Schemarjah, y desapareció de nuevo en las zonas veladas de la lejanía. Los hijos desaparecieron: Jonas servía al zar en Pskow y ya no era Jonas. Schemarjah se bañaba a orillas del océano y ya no se llamaba Schemarjah. Mirjam seguía a Mac con la mirada y también quería ir a Estados Unidos. Solo Menuchim seguía siendo lo que era desde el día de su nacimiento: un inválido. Y Mendel Singer también seguía siendo lo que era: un maestro.

Las calles angostas se oscurecieron y se animaron al mismo tiempo. La mujer gorda del vidriero Chaim y la abuela de noventa años del cerrajero Jossel Kopp, muerto hacía mucho, sacaban las sillas a la vereda para sentarse a la puerta y disfrutar de la noche fresca. Los judíos, de negro y apurados, iban corriendo hacia la sinagoga murmurando saludos fugaces. Mendel Singer se dio vuelta, también quería salir. Pasó al lado de Deborah, que todavía tenía la cabeza apoyada en la mesa. Su cara —Mendel ya no la soportaba hacía años— estaba ahora enterrada y como incrustada en la madera dura, y la oscuridad, que empezaba a llenar la habitación, también cubría la dureza y la timidez de Mendel. Deslizó su mano rápidamente por la espalda ancha de su mujer. Alguna vez le había tenido confianza a su carne, ahora le era extraña. Ella se levantó y dijo:

—¡Te vas a orar!

Y como estaba pensando en otra cosa, cambió el orden de las palabras y volvió a decir con voz lejana:

—¡A orar te vas!

Mirjam salió de la casa al mismo tiempo que su padre y se fue a lo de los vecinos. Era la primera semana del mes de av. Los judíos se reunían luego de la oración nocturna para recibir a la luna nueva y, como era una noche agradable que traía un alivio de los días calurosos, obedecieron con mayor predisposición que nunca a sus corazones creyentes y al mandamiento de Dios de recibir el renacimiento de la luna al aire libre, donde el cielo se extendía mucho más que sobre las callecitas de la pequeña ciudad. Se precipitaron en grupúsculos irregulares, en silencio y de negro, hacia atrás de las casas. Vieron el bosque lejano, también negro y en silencio como ellos, pero eterno en su existencia arraigada, vieron el velo de la noche sobre los campos anchos y finalmente se detuvieron. Miraron hacia el cielo y buscaron el astro plateado en su nueva curvatura, que hoy había nacido de nuevo, como en el día en el que había sido creado. Formaron un grupo grande y abrieron sus oracionales. Las páginas blancas brillaban, las letras aparecían negras, cuadradas y rígidas delante de sus ojos en la claridad azul nocturna. Empezaron a murmurar el saludo a la luna y a balancear el torso hacia delante y hacia atrás de forma tal que parecía que una tormenta invisible los sacudía. Se mecían cada vez más rápido, oraban cada vez más alto, arrojaban al cielo sus palabras ancestrales con valentía guerrera. La tierra que pisaban les era ajena, el bosque que los enfrentaba les era hostil, el ladrido de los perros, cuyo oído desconfiado los había despertado, les era odioso, y solo confiaban en la luna, que ese día había vuelto a nacer como en la tierra de sus antepasados, y en el Señor que vigilaba siempre, en la patria y en el destierro.

Concluyeron la bendición con un fuerte "amén", se dieron la mano y se desearon un mes dichoso, prosperidad en los negocios y salud para los enfermos. Se dispersaron, cada uno se fue a su casa, desaparecieron por las callecitas y entraron por las pequeñas puertas de sus cabañas torcidas. Solo un judío se quedó: Mendel Singer.

No habían pasado más que unos minutos desde que sus compañeros se habían despedido, pero él sentía que hacía una hora que estaba allí parado. Respiró la apacible calma de la libertad, dio unos pasos, se sintió abatido, le dieron ganas de acostarse en el piso y tuvo miedo de la tierra desconocida y de los bichos peligrosos que probablemente hubiera en ella. Pensó en su hijo Jonas. Jonas dormía ahora en un cuartel, sobre paja, en un establo, quizás junto a los caballos. Su hijo Schemarjah vivía cerca del agua. ¿Quién estaba más lejos, Jonas o Schemarjah? Deborah ya había enterrado los dólares en la casa, y ahora Mirjam les estaría contando a los vecinos sobre la visita del estadounidense.

La nueva media luna ya brillaba fuerte y plateada, y se deslizaba por la noche, fielmente acompañada por la estrella más luminosa del cielo. A veces, los perros aullaban, y Mendel se asustaba. Rompían la paz de la Tierra y aumentaban la preocupación de Mendel Singer. A pesar de que estaba solo a cinco minutos de las casas de la ciudad, se sentía infinitamente lejos del mundo que habitaban los judíos, indescriptiblemente solitario, amenazado por diferentes peligros y, sin embargo, incapaz de regresar. Se dirigió hacia el norte: allí, el bosque era más oscuro. Hacia la derecha, los pantanos se extendían por kilómetros con sus pastizales plateados y desperdigados. Hacia la izquierda, los campos yacían bajo velos opalinos. A veces, Mendel creía escuchar una voz humana proveniente de alguna dirección indefinida. Escuchaba hablar a gente que conocía, y le parecía entender lo que decían. Luego recordó que ya había escuchado esa charla hacía mucho tiempo. Comprendió que ahora solo era el eco que había estado esperando en su memoria.

De pronto, se escuchó un murmullo desde el trigal. Pero no se había levantado viento. El murmullo estaba cada vez más cerca, y Mendel ahora podía ver cómo se movían las espigas altas, probablemente había una persona escabulléndose entre ellas, o un animal grande, o un monstruo. Hubiera sido prudente irse de allí, pero Mendel esperó y se preparó para morir. Un campesino o un soldado saldría del trigal, incriminaría a Mendel de algún robo y lo golpearía, con una piedra, quizás. También podría ser un vagabundo, un asesino, un criminal, que no quería ser escuchado ni visto.

—¡Dios santo! —murmuró Mendel.

Escuchó unas voces. Eran dos los que andaban por el trigal; el judío se tranquilizó porque no era uno solo, aunque al mismo tiempo pensó que bien podían ser dos asesinos. No, no eran asesinos, era una pareja de enamorados. Una voz de mujer habló, un hombre rio. Una pareja de enamorados también podía ser peligrosa, había un montón de casos así, en los que un hombre se volvía furioso al descubrir un testigo de su amor. Pronto, los dos entrarían al campo. Mendel Singer superó su asco por los bichos de la tierra y se acostó cuidadosamente, con la mirada puesta en el trigal. Las espigas se abrieron, el hombre pasó primero. Era un hombre en uniforme, un soldado con un gorro azul oscuro, con botas y espuelas. El metal resplandecía y tintineaba. Detrás de él se iluminó una bufanda amarilla, una bufanda amarilla, una bufanda amarilla. Resonó una voz, era la voz de la chica. El soldado se dio vuelta, puso su brazo sobre los hombros de ella, la bufanda se abrió, el soldado iba detrás de la chica, tenía las manos sobre su pecho, la chica iba adosada a él.

Mendel cerró los ojos y dejó que pasara la desgracia en la oscuridad. Si no hubiera tenido miedo de ser descubierto, le habría gustado taparse los oídos para no tener que escuchar. Pero tuvo que escuchar palabras espantosas, el tintinear plateado de las espuelas, risitas tontas en voz baja, y la risa grave del hombre. Esperó con ansias el ladrido de los perros. ¡Si tan solo se pusieran a ladrar alto, muy alto! Eran asesinos que quisieran golpearlo los que tenían que salir del trigal. Las voces se alejaron. Todo había desaparecido. Nada había sucedido.

Mendel Singer se levantó rápido, miró a su alrededor, levantó con ambas manos sus largos faldones y caminó en dirección a la ciudad. Los postigos estaban cerrados, pero muchas mujeres estaban sentadas en las puertas de las casas, hablaban y cacareaban. Mendel ralentizó su paso para no llamar la atención, daba pasos grandes y apurados, con los faldones en sus manos. Llegó a su casa. Golpeó en la ventana. Deborah abrió.

—¿Dónde está Mirjam? —preguntó Mendel.

—Está paseando todavía —dijo Deborah—. ¡No la puedo frenar! Sale a pasear día y noche. Apenas si está en casa media hora. Dios me castigó con estos hijos, alguien en el mundo

—Callate —la interrumpió Mendel—. Cuando vuelva Mirjam, decile que pregunté por ella. No me quedo en casa hoy, vuelvo mañana temprano. Hoy es el aniversario de la muerte de mi abuelo Zallel, me voy a orar.

Y se alejó, sin esperar respuesta de su mujer.

Habían pasado apenas tres horas desde que se había ido de la sinagoga. Ahora que entraba nuevamente, le parecía que habían pasado semanas. Posó con ternura su mano sobre la tapa de su viejo púlpito de oraciones y celebró el reencuentro. Lo abrió y alargó su mano para agarrar el libro negro y pesado, que le era familiar al tacto y que hubiera reconocido entre cientos de libros iguales sin dudar. Así de íntima le era la tersura de cuero de la encuadernación, con pequeñas islas redondas de cera en relieve, restos de costras de velas encendidas hacía mucho tiempo, y las esquinas inferiores de las páginas, porosas, amarillentas, grasosas, dobladas de tanto pasar de hoja con dedos húmedos. Podía encontrar instantáneamente cada oración que precisara en el momento. En su memoria estaban enterrados los rasgos más ínfimos de la fisonomía del libro de oraciones, el número de líneas, el tipo y tamaño de los caracteres, y el color exacto de las hojas.

Ya empezaba a anochecer en la sinagoga. La luz amarilla de las velas en la pared que daba al este, al lado del armario con los rollos de la Torá, no expulsaba la oscuridad, más bien parecía esconderse en ella. A través de la ventana se veían el cielo y algunas estrellas, y se podían reconocer todos los objetos del salón: el púlpito, la mesa, los bancos, pedacitos de papel en el suelo, el candelabro de la pared, unas mantitas doradas con flecos. Mendel Singer encendió dos velas, las colocó en la madera desnuda del púlpito, cerró los ojos y empezó a orar. Con los ojos cerrados reconocía cuándo terminaba cada página y automáticamente la daba vuelta. De a poco, su torso empezó a realizar el típico y ancestral balanceo. Oraba con todo su cuerpo, los pies arañaban las maderas del piso, con los puños cerrados daba golpes en el púlpito, en su pecho, en el libro y al aire. En el banco, al lado del hogar, dormía un judío sin techo. Su respiración acompañaba y apoyaba el canto monótono de Mendel Singer; era como un canto cálido en el desierto amarillo, perdido y cercano a la muerte. La propia voz y la respiración del que dormía calmaban a Mendel, expulsaban de su corazón cualquier pensamiento; no era más que alguien que oraba, las palabras lo atravesaban camino al cielo, era un recipiente hueco, un embudo. Así oró hasta el amanecer.

El día se asomó por las ventanas. Las luces se volvieron endebles y opacas; detrás de las casitas bajas ya se podía ver el sol que salía y sus llamas rojas colmaban las dos ventanas de la casa que daban al este. Mendel apagó las velas con los dedos, guardó el libro, abrió los ojos y se dio vuelta para salir al aire libre. Olía a verano, pantanos secos y verdor renovado.

Los postigos de las ventanas permanecían cerrados todavía. La gente dormía.

Mendel golpeó tres veces la puerta de su casa. Se sentía vigoroso y fresco, como si hubiera dormido largo y tendido. Sabía exactamente lo que había que hacer. Deborah abrió la puerta.

—Preparame un té —dijo Mendel—, después quiero decirte algo. ¿Está Mirjam en casa?

—Por supuesto —respondió Deborah—. ¿Dónde estaría, si no? ¿O creés que ya se fue a Estados Unidos?

El samovar hizo un zumbido; Deborah sopló un vaso y lo pulió. Luego, Mendel y Deborah tomaron el té de la misma manera, con labios en punta y de a sorbos. De repente, Mendel dejó el vaso y dijo:

—Nos vamos a Estados Unidos. Menuchim tiene que quedarse. Nos llevamos a Mirjam. Si nos quedamos, ocurrirá una desgracia.

Se quedó callado un rato y después agregó, bajito:

—Se está viendo con un cosaco.

El vaso de Deborah se deslizó de sus manos y cayó haciendo ruido. Mirjam, que estaba en una esquina, se despertó, y Menuchim, entre sueños, se movió. Luego, hubo silencio. Millones de calandrias trinaron sobre la casa, debajo del cielo. Un rayo de sol golpeó en la ventana, alcanzó el samovar de hojalata y lo convirtió en un espejo curvo. Así empezó el día.

VII

Para llegar a Dubno hay que tomar el coche de Sameschkin, para llegar a Moscú hay que tomar el tren, y para llegar a Estados Unidos no solo hay que tomar un barco, también se necesitan documentos. Y para conseguirlos hay que ir a Dubno.

Entonces, Deborah va a ver a Sameschkin. Ya no está sentado en el banco del hogar, ni siquiera está en la casa; es jueves, día del mercado de carne de cerdo. Sameschkin volverá en una hora. Deborah va y viene, va y viene de la cabaña de Sameschkin, solo piensa en Estados Unidos.

Un dólar es más que dos rublos, un rublo son cien kopeks, dos rublos son doscientos kopeks, ¿cuántos kopeks son un dólar, por el amor de Dios? ¿Cuántos dólares más va a mandar Schemarjah? Estados Unidos es un país bendito.

Mirjam sale con un cosaco, en Rusia puede; en Estados Unidos no hay cosacos. Rusia es un país triste. Estados Unidos es un país libre, un país alegre. Mendel ya no va a tener que trabajar de maestro, va a ser el padre de un hijo rico.

Pasa una hora, pasan dos, y recién a las tres horas Deborah escucha las botas con clavos de Sameschkin. Es de noche, pero todavía hace calor. El sol amarillo ya es oblicuo, pero no afloja, va cayendo muy lentamente. Deborah transpira por el calor y la excitación y cientos de pensamientos extraños.

Cuando llega Sameschkin, se acalora aún más. Él lleva puesto un gorro de piel de oso, peludo y sucio en algunos lugares, y una piel corta sobre los pantalones de lino mugrosos que están metidos en las pesadas botas. Pero no transpira.

En el momento en que Deborah lo ve, también lo huele, apesta a coñac. Un duro trabajo le espera a Deborah. Ya es difícil persuadir a Sameschkin cuando está sobrio.

El mercado de carne de cerdo está los lunes en Dubno. Es una desventaja que Sameschkin ya haya ido al mercado local, no tiene motivos para ir a Dubno y el viaje va a costar dinero.

Deborah va a su encuentro a mitad de camino. Sameschkin se tambalea, las pesadas botas lo mantienen derecho. ¡Menos mal que no está descalzo!, piensa Deborah, con algo de desprecio.

Sameschkin no reconoce a la mujer que lo desvía de su camino.

—¡Fuera, mujer! —exclama, y hace un movimiento con la mano, entre un golpe de puño y una cachetada.

—¡Soy yo! —dice con coraje Deborah—. ¡Mañana viajamos a Dubno!

—¡Dios te bendiga! —exclama amistosamente Sameschkin. Se queda parado y apoya su codo en el hombro de Deborah. Ella tiene miedo de moverse y que él se caiga.

Sameschkin pesa unos buenos setenta kilos, todo su peso está en el codo, y el codo, en el hombro de Deborah.

Por primera vez Deborah está tan cerca de un hombre extraño. Tiene miedo, pero al mismo tiempo piensa que ya es vieja, piensa en el cosaco de Mirjam y en que hace mucho Mendel no la toca.

—Sí, mi querida —dice Sameschkin—, el lunes viajamos a Dubno y en el camino dormimos juntos.

—Puaj, qué asco —dice Deborah—, le voy a decir a tu mujer, ¿no estarás borracho vos?

—Borracho no —responde Sameschkin—, solo tomé. ¿Y qué querés hacer en Dubno si no te vas a acostar conmigo?

—Necesito hacer documentos —dice Deborah—, nos vamos a Estados Unidos.

—El viaje te cuesta cincuenta kopeks si no te acostás conmigo, y treinta si lo hacés. Te hago un hijo, lo tenés en Estados Unidos, te llevás un recuerdito de Sameschkin.

Deborah se estremece en medio del calor.

Sin embargo, después de un minuto, le dice:

—No me voy a acostar con vos, y te pago treinta y cinco kopeks.

Sameschkin se libera de repente, ya no tiene el codo sobre el hombro de Deborah, parece estar sobrio de pronto.

—Treinta y cinco kopeks —dice con voz firme.

—Lunes a las cinco de la mañana.

—Lunes a las cinco de la mañana.

Sameschkin entra a su patio y Deborah vuelve lentamente a su casa.

El sol ya había caído. El viento viene del oeste, nubes violetas se apilan en el horizonte. Se acerca la lluvia. Deborah piensa: Mañana va a llover, y siente un dolor reumático en la rodilla, lo saluda como a un viejo y conocido enemigo. ¡Me estoy volviendo vieja!, piensa. Las mujeres envejecen más rápido que los hombres, Sameschkin tiene mi misma edad o incluso más. Mirjam es joven, sale con un cosaco.

Deborah tuvo miedo de la palabra "cosaco" que acababa de decir en voz alta, como si recién al pronunciarla se hubiera dado cuenta del horror que representaba.

En la casa vio a su hija Mirjam y a su marido Mendel. Sentados a la mesa, padre e hija estaban callados con tanta tenacidad que Deborah supo al entrar que se trataba de un silencio antiguo, familiar y bien arraigado.

—Hablé con Sameschkin —empezó a decir Deborah—. El lunes a las cinco de la mañana viajo a Dubno para buscar los documentos. Me pide treinta y cinco kopeks.

Y como la vanidad se había apoderado de ella, agregó:

—¡Solo a mí me cobra tan barato!

—No vas a viajar sola —dijo Mendel Singer, con cansancio en la voz y miedo en el alma—. Hablé con varios judíos que conocen el asunto. Dicen que tengo que ir yo mismo a ver al *urjadnik*.

—¿Vos, a ver al *urjadnik*?

Era difícil imaginarse a Mendel Singer en una oficina. Nunca en su vida había hablado con uno de esos suboficiales. Nunca había podido hablar con un policía sin temblar. Se mantenía alejado de uniformados, caballos y perros. ¿Mendel tenía que hablar con un *urjadnik*?

—No te preocupes por las cosas que te pueden salir mal, Mendel —dijo Deborah—. Yo me arreglo.

—Todos los judíos —objetó Mendel— me dijeron que tengo que ir yo personalmente.

—¡Entonces viajemos juntos el lunes!

—¿Y Menuchim?

—¡Se queda con Mirjam!

Mendel miró a su mujer. Con la mirada buscó sus ojos que se escondían, temerosos, debajo de los párpados. Mirjam, que observaba todo desde una punta de la mesa, vio la mirada de su padre y su corazón empezó a latir más rápido. Tenía planes para el lunes. Tenía planes para el lunes. Tenía planes para todos los días calurosos que quedaban del verano. Su amor florecía tarde, entre las espigas altas, temía por la llegada de la temporada de cosecha. De vez en cuando escuchaba cómo se preparaban los campesinos, cómo afilaban las hoces sobre las piedras azules. ¿A dónde iría cuando los campos quedaran desnudos? Tenía que irse a Estados Unidos. Ante la cosecha inminente, se consolaba con una idea vaga del amor libre que viviría en Estados Unidos, entre casas altas, en donde era más fácil esconderse que entre espigas de trigo. Mirjam no tenía tiempo que perder. Amaba a Stepan. Él se quedaría allí. Amaba a todos los hombres, eran como tempestades, pero sus poderosas manos eran suaves cuando encendían las llamas de su corazón. Los hombres se llamaban Stepan, Iwan y Wsewolod. En Estados Unidos había muchos más hombres.

—No me voy a quedar sola en casa —dijo Mirjam—, ¡tengo miedo!

—Hay que traer un cosaco a la casa —se escuchó decir a Mendel—. Así la vigila.

Mirjam se puso roja. Creyó que su padre la había visto enrojecerse, aunque estaba en una esquina en las sombras. Seguramente brillaba en la oscuridad, la cara de Mirjam se había encendido como una lámpara roja. Se tapó la cara con las manos y rompió en llanto.

—Es tarde —dijo Deborah—, salí a cerrar los postigos.

Mirjam salió con cuidado, tenía todavía las manos sobre los ojos. Se quedó un momento afuera. Todas las estrellas del cielo estaban allí, bien cerca y vivaces, como si la hubieran estado esperando. Su esplendor claro y dorado contenía el esplendor del mundo vasto y libre, eran espejitos en los que se reflejaba el brillo de Estados Unidos.

Se acercó a la ventana, miró para adentro, intentó adivinar lo que decían sus padres. No lo logró. Sacó el gancho de hierro de la madera de los postigos abiertos y cerró ambas hojas como si fuera un armario. Pensó en un ataúd. Estaba sepultando a sus padres en la pequeña casa. No sintió nostalgia. Mendel y Deborah Singer estaban sepultados. El mundo era vasto y lleno de vida. Stepan, Iwan y Wsewolod vivían. Estados Unidos vivía, más allá del océano, con sus casas altas y millones de hombres.

Cuando volvió a entrar a la habitación, su padre dijo:

—Ni siquiera puede cerrar los postigos, ¡media hora tardó!

Quejándose un poco, Mendel se levantó y fue a la pared de la cual colgaba una pequeña lámpara de petróleo: un contenedor azul oscuro con un cilindro lleno de hollín unido por un alambre oxidado a un espejo redondo y roto, cuya tarea era reforzar la poca luz para no gastar de más. La parte superior abierta del cilindro sobrepasaba la cabeza de Mendel Singer. En vano intentó apagar la lámpara. Se puso en puntas de pie y sopló, pero la mecha flameó con más fuerza aún.

Mientras tanto, Deborah encendió una velita amarilla y la colocó sobre el hogar de ladrillos. Mendel Singer, gruñendo, se subió a un sillón y finalmente apagó la lámpara. Mirjam se acostó en un rincón, al lado de Menuchim. Se quería desvestir recién cuando estuviera oscuro. Esperó conteniendo la respiración, con los párpados cerrados, hasta que su padre terminó la oración nocturna. A través de un hueco del postigo de la ventana vio el brillo dorado y azul de la noche. Se sacó la ropa y se tocó los pechos. Le dolían. Su piel tenía memoria propia y recordaba cada sitio en donde habían estado las manos grandes, duras y ardientes de los hombres. Su olfato tenía memoria propia y conservaba con fidelidad mortificadora el constante aroma del sudor de los hombres, del coñac y del cuero de Rusia. Escuchó el ronquido de sus padres y la respiración de Menuchim. Se levantó, estaba en camisón y descalza, con sus pesadas trenzas caídas hacia delante, que le llegaban hasta los muslos. Corrió el pasador de la puerta y salió hacia la noche extraña. Respiró profundo. Le parecía estar inhalando la noche entera, su respiración devoraba las estrellas doradas que ardían en el cielo. Las ranas croaban y los grillos cantaban. En el cielo, al nordeste, se veía una línea ancha y plateada que parecía encerrar la mañana. Mirjam pensó en el trigal, su lecho nupcial. Rodeó la casa. A lo lejos se veía el resplandor del gran muro blanco del cuartel, que le devolvía un par de luces tenues. Stepan, Iwan, Wsewolod y muchos otros hombres dormían allí, en un gran salón.

Al día siguiente sería viernes. Había que preparar todo para el sábado, las albóndigas, el lucio y el caldo de pollo. A las seis de la mañana se comenzaba a hornear el pan. Cuando la línea ancha y plateada se volvió rojiza, Mirjam se escabulló de nuevo en la habitación. No volvió a dormirse. A través del hueco del postigo de la ventana vio los primeros rayos de sol. Los padres ya se movían en medio del sueño. La mañana había llegado.

Transcurrió el *sabbat*, y Mirjam pasó todo el domingo en el trigal con Stepan. Luego fueron hasta el pueblo de al lado y Mirjam tomó aguardiente. En su casa la buscaron durante todo el día. ¡Que la busquen nomás! Su vida era valiosa, el verano era corto, pronto empezaría la temporada de cosecha. En el bosque se volvió a acostar con Stepan. Al otro día, el lunes, el padre viajaría a Dubno para conseguir los papeles.

Mendel Singer se levantó a las cinco de la mañana del lunes. Tomó té, oró, guardó las filacterias y fue a lo de Sameschkin.

—¡Buen día! —gritó desde lejos. Para Mendel Singer era como si ya antes de subirse al coche de Sameschkin comenzara con el tramiterío, y sintió que debía saludar a Sameschkin como si fuera un *urjadnik*.

—¡Preferiría viajar con tu mujer! —dijo Sameschkin—. Todavía se ve bien por la edad que tiene, y sus pechos están firmes.

—Vamos —dijo Mendel.

Los caballos relincharon y golpearon sus partes traseras con las colas.

—¡Arre, arre! —exclamó Sameschkin chasqueando el látigo.

A las once de la mañana llegaron a Dubno.

Mendel tuvo que esperar. Entró por el portón con el gorro en la mano. El encargado llevaba un sable.

—¿A dónde querés ir? —le preguntó.

—A Estados Unidos. ¿Hacia dónde me dirijo?

—¿Cómo te llamás?

—Mendel Mechelovitsch Singer.

—¿Para qué querés ir a Estados Unidos?

—Para ganar dinero, acá me está yendo mal.

—Tenés que ir a la oficina 84 —dijo el encargado—. Ya hay muchos esperando.

Todos estaban sentados en un pasillo largo, curvado, pintado de amarillo ocre. Hombres en uniformes azules custodiaban las puertas. A lo largo de la pared había bancos marrones, todos ocupados. Pero, ni bien llegaba alguien nuevo, los hombres de azul hacían un movimiento con las manos y los que estaban sentados se corrían para hacer más lugar. La gente fumaba, escupía, trituraba semillas de calabaza y roncaba. El día allí no era día. A través del vidrio opalino de una claraboya muy alta, muy lejana, se podía captar una idea vaga del día. En algún lado sonaban relojes, que acompañaban al tiempo que, sin embargo, estaba detenido en ese largo pasillo.

De tanto en tanto, un hombre de uniforme azul gritaba algún nombre. Todos los que estaban durmiendo se despertaban. El que había sido llamado se levantaba, iba tambaleándose hasta una puerta, se acomodaba sus ropas y entraba por una de las puertas altas y de doble hoja, que en lugar de un picaporte tenía un pomo blanco. Mendel pensó qué debía hacer con ese pomo para abrir la puerta. Se levantó del largo banco; le dolían las extremidades de estar apretujado entre otras personas. Pero, ni bien se paró, un hombre de azul se le acercó.

—¡*Sidaj*! —exclamó el hombre—. ¡Sentate!

Mendel Singer ya no tenía lugar en el banco. Se quedó parado al lado, se recostó contra la pared deseando volverse tan plano como el muro.

—¿Estás para la oficina 84? —preguntó el hombre azul.

—Sí —dijo Mendel.

Estaba convencido de que lo iban a echar a la calle. Deborah tendría que volver después. Cincuenta kopeks y cincuenta kopeks eran un rublo. Pero el hombre azul no tenía intenciones de sacarlo del lugar. La tarea principal del hombre azul era vigilar que todos los que esperaban se mantuvieran en sus lugares y poder observar a todos. Si alguno se levantaba, cabía la posibilidad de que tirara una bomba. Los anarquistas están disfrazados a veces, pensaba el guarda. Lo llamó a Mendel para que se acercara, lo palpó, le preguntó por sus papeles. Y, como todo estaba en orden y Mendel ya no tenía más lugar, el hombre azul dijo:

—¡Prestá atención! ¿Ves la puerta de vidrio? Abrila. Esa es la oficina 84.

—¿A qué venís? —preguntó un hombre de hombros anchos que estaba detrás de un escritorio, justo debajo del cuadro del zar. Tenía un bigote, era pelado y llevaba una charretera con botones. Era como un regio busto detrás del tintero de mármol.

—¿Quién te dejó pasar, así nomás? ¿Por qué no te anunciás? —vociferó el busto.

Mendel Singer se inclinó ante él. No estaba preparado para un recibimiento así. Se inclinó y dejó que la voz de trueno pasara por encima de su espalda; quería hacerse chiquito, estar al ras del piso, como si hubiera sido sorprendido por una tormenta en medio del campo. Los faldones de su ropa se abrieron y el funcionario vio un pedazo de su pantalón deshilachado y el cuero raído de la caña de sus botas. El funcionario se ablandó y le ordenó:

—¡Acercate!

Mendel se acercó con la cabeza hacia delante, como si quisiera chocarse contra el escritorio. Recién cuando vio que estaba llegando al borde de la alfombra, levantó un poco la cabeza. El funcionario sonrió y dijo:

—Alcanzame los papeles.

Luego hubo silencio. Se escuchaba el tictac de un reloj. A través de la persiana se podía ver la luz dorada de la tardecita. Los papeles crujían. A veces, el funcionario se quedaba pensando un rato, miraba hacia la nada. En un momento su mano intentó agarrar una mosca. Sostuvo al pequeño insecto en su puño grande, lo abrió con cuidado, le sacó un ala, después la otra y se quedó mirando cómo la mosca, ahora inválida, reptaba por el escritorio.

—¿Y la solicitud? —preguntó de pronto—. ¿Dónde está la solicitud?

—¡No sé escribir, excelentísimo señor! —se disculpó Mendel.

—¡Ya sé, tonto, que no sabés escribir! No te pedí el boletín de la escuela, te pedí la solicitud. ¿Para qué tenemos un secretario, eh? ¿En la planta baja? ¿En la oficina 3, eh? ¿Para qué paga el Estado un secretario? Para vos, burro, que ni siquiera sabés escribir. Así que andá a la oficina 3 a que te escriban la solicitud. Decí que te mandé yo, para que no tengas que esperar y te atiendan rápido. Después volvés. ¡Pero mañana! Por mí, mañana a la tarde ya podés viajar.

Mendel se inclinó una vez más. Se fue caminando hacia atrás, no se animaba a darle la espalda al funcionario. El camino del escritorio hasta la puerta se le hizo eterno, le parecía que hacía una hora que estaba caminando. Finalmente, sintió que estaba cerca de la puerta. Se dio vuelta rápido, agarró el pomo blanco, lo giró a la izquierda, luego a la derecha e hizo una reverencia. Estaba de nuevo en el pasillo.

En la oficina número 3 había un funcionario común, sin charretera. Era una sala sofocante, de techo bajo, había mucha gente alrededor de la mesa, el secretario escribía y escribía, a cada rato golpeaba impaciente la pluma contra la base del tintero. Escribía con agilidad, pero nunca terminaba. Siempre aparecía alguien más. Sin embargo, tuvo tiempo de reparar en Mendel.

—Me envía el excelentísimo señor de la oficina 84 —dijo Mendel.

—Vení —dijo el secretario, y le hizo un lugar a Mendel Singer—. Un rublo por el sello —agregó.

Mendel hurgó en su pañuelo azul en busca de un rublo. Era una moneda dura y pulida. El secretario no la agarró; esperaba, como mínimo, que le diera cincuenta kopeks. Mendel no entendió el deseo —bastante explícito— del secretario.

El secretario se enojó.

—¿A eso le llamás papeles? —dijo—. ¡Son jirones! ¡Se van desintegrando en las manos!

Y, como quien no quiere la cosa, rompió uno de los documentos en dos mitades y luego agarró el pegamento para volverlas a unir. Mendel Singer temblaba.

El pegamento estaba muy seco. Escupió dentro de la botellita y sopló. Pero seguía seco. De repente tuvo una idea, todos los presentes notaron que se le había ocurrido algo. Abrió un cajón, metió los papeles de Mendel Singer adentro, lo cerró, sacó una hojita verde de un bloc de notas, lo selló, se la dio a Mendel y dijo:

—¿Sabés qué? Vení mañana a las nueve de la mañana. A esa hora vamos a estar solos y podemos hablar tranquilos. Tus papeles están acá conmigo, mañana los pasás a buscar. ¡Mostrá la hojita que te di!

Mendel se fue. Sameschkin lo estaba esperando afuera, sentado sobre una piedra junto a los caballos. El sol caía, llegaba la noche.

—Recién mañana nos vamos —dijo Mendel—, tengo que volver a las nueve de la mañana.

Buscó una sinagoga para pasar la noche. Se compró un pedazo de pan, dos cebollas, guardó todo en su bolso y le pregunto a un judío dónde había una sinagoga.

—Vamos juntos —le dijo el judío.

En el camino, Mendel le contó su historia.

—En la sinagoga —dijo el judío— podés hablar con un hombre que se ocupa de esos temas. Ya envió muchas familias a Estados Unidos. ¿Lo conocés a Kapturak?

—¿A Kapturak? ¡Claro! ¡Fue el que ayudó a mi hijo!

—¡Un viejo cliente! —dijo Kapturak.

Hacia fines del verano, Kapturak se quedaba en Dubno y atendía en las sinagogas.

—Su mujer vino a verme antes. Me acuerdo de su hijo. Le va bien, ¿no? Kapturak trae suerte.

Fue evidente que Kapturak estaba dispuesto a hacerse cargo del asunto. Pero, para empezar, le iba a cobrar diez rublos por persona. Mendel no podía darle diez rublos como adelanto, y a Kapturak se le ocurrió una manera. Tenía la dirección del joven Singer. En cuatro semanas recibiría una respuesta y dinero si es que el hijo realmente quería que su familia fuera para allá.

—¡Dame la hojita verde, la carta de Estados Unidos, y confiá en mí! —dijo Kapturak.

Los allí presentes asintieron.

—Volvé a tu casa. En unos días voy a verlos. ¡Confiá en Kapturak!

Algunos repitieron:

—¡Confiá tranquilo en Kapturak!

—¡Qué suerte que tuve al encontrarlos acá! —dijo Mendel.

Todos le dieron la mano y le desearon un buen viaje. Mendel volvió a la plaza del mercado, donde lo esperaba Sameschkin. Sameschkin ya estaba preparándose para dormir en el coche.

—¡Solo el diablo puede acordar algo seguro con un judío! —dijo—. ¡Vamos!

Y se fueron.

Sameschkin se ató las riendas en las muñecas con la intención de dormir un poco. Se durmió en serio. Los caballos se asustaron por la sombra de un espantapájaros, algún pícaro lo había sacado del campo y lo había colocado en el borde de la calle. Los animales empezaron a galopar, el coche parecía levantarse por los aires, Mendel pensó que en breve empezaría a tomar vuelo, su corazón también galopaba, le parecía que se le iba a salir del pecho y a saltar hacia el vacío. De pronto, Sameschkin lanzó un insulto. El coche entró en una zanja, las patas delanteras de los caballos sobresalían hacia la calle. Sameschkin quedó acostado sobre Mendel Singer.

Lograron volver a salir. La barra de tiro estaba astillada, una rueda se había soltado y a otra le faltaban dos radios. Iban a tener pasar la noche allí. Al otro día verían qué hacían.

—Así empieza tu viaje a Estados Unidos —dijo Sameschkin—. ¡Para qué se la pasan viajando por el mundo, digo yo! El diablo es el que los manda de acá para allá. Uno se queda donde nació y solo cuando hay guerra se va para Japón.

Mendel Singer no dijo nada. Estaba sentado en el borde de la calle, al lado de Sameschkin. Por primera vez en su vida estaba sentado sobre la tierra, en medio de la noche salvaje, al lado de un campesino. Miró el cielo y las estrellas y pensó que estaban ocultando a Dios. El Señor creó todo en siete días. ¡Pero, si un judío quiere viajar a Estados Unidos, necesita años!

—¿Viste qué lindo es este país? —dijo Sameschkin—. Pronto será la temporada de cosecha. Es un buen año. Si es tan bueno como creo, en otoño me compro otro caballo. ¿Sabés algo de tu hijo Jonas? Se las arregla con los caballos. Es muy diferente a vos. ¿Alguna vez te engañó tu mujer?

—Todo es posible —respondió Mendel.

De repente se sintió liviano, podía entender todo, la noche lo liberaba de los prejuicios. Incluso se arrimó a Sameschkin como si fuera un hermano.

—Todo es posible —repitió—. Las mujeres no valen nada.

De pronto, Mendel empezó a sollozar. Mendel lloraba, en medio de una noche extraña, al lado de Sameschkin. El campesino apretó los puños contra sus ojos porque sentía que él también se iba a poner a llorar. Luego apoyó un brazo sobre el hombro delgado de Mendel y dijo en voz baja:

—Dormí, querido judío, dormí.

Él se quedó despierto hasta tarde. Mendel Singer dormía y roncaba. Las ranas croaron hasta que llegó la mañana.

VIII

Dos semanas más tarde, llegó un coche de dos ruedas envuelto en una nube de polvo a la puerta de la casa de Mendel Singer. Traía un visitante: Kapturak.

Les contó que los papeles ya estaban listos. Si en cuatro semanas llegaba una respuesta de Schemarjah —es decir, Sam— de Estados Unidos, el viaje de la familia Singer estaba asegurado. Kapturak solo quería decirles eso, y que no vendría mal que le dieran un adelanto de veinte rublos en lugar de descontarlo luego del monto que Schemarjah enviara.

Deborah fue hacia el cuartucho de tablones de madera podridos que estaba en el patio, se sacó la blusa por la cabeza, agarró del pecho un pañuelito atado y contó con la mano ocho rublos. Se volvió a poner la blusa, fue hacia la casa y le dijo a Kapturak:

—Es todo lo que pude conseguir de los vecinos. Tiene que contentarse con esto.

—¡A un viejo cliente se le perdona! —dijo Kapturak.

Se subió a su cochecito amarillo y liviano como una pluma y acto seguido desapareció en una nube de polvo.

"Kapturak estuvo en lo de Mendel Singer", "Mendel se va a Estados Unidos", decía la gente en la ciudad.

El viaje de Mendel Singer, de hecho, ya había empezado. Todo el mundo le daba consejos para no marearse en el barco. Algunos compradores fueron a visitar la casita de Mendel. Estaban dispuestos a pagar por ella mil rublos, un monto que a Deborah le hubiera llevado cinco años juntar.

Pero Mendel Singer dijo:

—¿Te acordás, Deborah, que Menuchim tiene que quedarse acá, no? ¿Con quién se va a quedar? La hija de Billes se casa el mes que viene con el músico Fogl. Hasta que tengan un hijo pueden cuidar a Menuchim. Les damos la casa y no les aceptamos ningún dinero.

—¿Para vos ya está decidido que Menuchim se queda? Como mínimo nos quedan un par de semanas todavía para viajar, seguro que en este tiempo Dios hace un milagro.

—Si Dios quiere hacer un milagro —respondió Mendel— no te va a avisar antes. Hay que tener esperanza. Si no vamos a Estados Unidos, va a ocurrir una desgracia con Mirjam. Si vamos, dejamos a Menuchim. ¿Deberíamos mandar a Mirjam sola? Quién sabe lo que haría allá sola. Menuchim está enfermo, solo un milagro puede ayudarlo. Si sucede, puede venir con nosotros. Estados Unidos queda lejos, pero forma parte de este mundo.

Deborah se quedó callada. Escuchaba las palabras del rabino de Kluczýsk: "No lo abandones, quedate con él como si fuera un chico sano". Ella no se iba a quedar con él. Había estado esperando el milagro prometido por muchos años, día y noche, hora tras hora. Los ancestros difuntos no habían ayudado, el rabino tampoco, Dios no quería ayudar. Había llorado un mar de lágrimas. En su corazón había oscuridad, y preocupación en cada alegría desde que Menuchim había nacido. Todas las celebraciones eran un suplicio, y todos los días festivos, días de duelo. Ya no había primavera o verano. Todas las estaciones se llamaban invierno. El sol salía, pero no calentaba. Solo la esperanza se rehusaba a morir. "Va a ser siempre un inválido", decían los vecinos. Porque a ellos no les había ocurrido ninguna desgracia, y quien no tiene desgracias tampoco cree en milagros.

Quien tiene desgracias tampoco cree en milagros. Los milagros sucedieron hace mucho tiempo, cuando los judíos todavía vivían en Palestina. Desde aquel momento no había ocurrido ninguno más. Así y todo: ¿no tenían razón los que contaban sobre las singulares obras del rabino de Kluczýsk? ¿No les había devuelto la vista a ciegos y había salvado a paralíticos? ¿Cómo había sido lo de la hija de Nathan Piczenik? Se había vuelto loca. La llevaron a Kluczýsk. El rabino la miró, pronunció un dicho. Luego escupió tres veces. Y la hija de Piczenik se fue a su casa, libre y en sus cabales.

Otras personas tienen suerte, pensaba Deborah. Para que ocurra algún milagro también hay que tener suerte. ¡Pero los hijos de Mendel Singer no tienen suerte! ¡Son hijos de un maestro!

—Si fueras una persona sensata —le dijo a Mendel— irías mañana a Kluczýsk y le pedirías algún consejo al rabino.

—¿Yo? —preguntó Mendel—. ¿Qué voy a hacer yo en lo del rabino? Ya fuiste vos una vez, ¡andá de nuevo! Vos creés en él, a vos te va a dar un consejo. Sabés que yo no creo en eso. Ningún judío necesita un intermediario para hablar con el Señor. Él escucha nuestras oraciones si no cometemos ninguna falta. Pero, si la cometemos, nos puede castigar.

—¿Y por qué nos castiga ahora? ¿Cometimos alguna falta? ¿Por qué es así de cruel?

—Estás blasfemando, Deborah. Dejame tranquilo, no puedo hablar más con vos.

Y Mendel se enfrascó en un libro religioso.

Deborah agarró su bufanda y salió. Afuera estaba Mirjam, colorada por el sol que caía, con un vestido blanco que ahora resplandecía anaranjado y su pelo negro, terso y brillante. Miraba cómo el sol desaparecía, con sus ojos negros y grandes, abiertos de par en par, aunque seguramente el sol la estuviera encegueciendo. Es linda, pensó Deborah, tan linda como yo lo fui alguna vez, yo era así de linda, ¿qué me pasó? Me convertí en la mujer de Mendel Singer. Mirjam sale con un cosaco, ella es linda, quizás tenga razón.

Mirjam parecía no haberse percatado de su madre. Con meticulosidad apasionada examinaba al sol brillante que ahora quería esconderse detrás de un muro de nubes, violeta y pesado. Hacía algunos días que al atardecer aparecía esa masa oscura por el oeste, anunciaba lluvias y tormentas, y al otro día volvía a desaparecer. Mirjam había observado que, en el momento en que se ponía el sol, los soldados empezaban a cantar en el cuartel de la caballería, toda la *sotnia* cantaba siempre la misma canción: "*Polubil ja tibia za twoju krasotu*". El servicio había terminado, los cosacos recibían la noche.

Mirjam tarareaba la letra de la canción, de la cual se sabía solo esos dos primeros versos: "Te quise bien por tu belleza". ¡Toda una *sotnia* le dedicaba la canción! Cientos de hombres le cantaban a ella. Media hora más tarde, se encontraría con uno o con dos cosacos. A veces eran tres.

Divisó a su madre, pero se quedó allí parada, sabía que Deborah se le acercaría. Hacía semanas que Deborah no se animaba a llamar a Mirjam. Era como si de Mirjam se desprendiera algo del terror que rodeaba a los cosacos, como si ya estuviera bajo la protección de ese cuartel extraño y salvaje.

No, Deborah ya no la llamaba a Mirjam. Fue hacia ella. Deborah, con su bufanda vieja, y vieja ella, fea, con miedo de la Mirjam dorada y brillante, se frenó en el cordón de la vereda, como siguiendo una antigua ley que ordenaba a las madres feas estar a medio kilómetro de sus bellas hijas.

—¡Tu padre está enojado, Mirjam! —dijo Deborah.

—Dejalo que se enoje —respondió Mirjam—, dejá que se enoje tu Mendel Singer.

Por primera vez, Deborah escuchaba el nombre de su padre de la boca de uno de sus hijos. Por un momento le pareció que la que hablaba era una extraña, y no la hija de Mendel. Claro, ¿por qué diría "padre" una extraña? Deborah quería irse, estaba confundida, le había hablado a una extraña. Se dio vuelta.

—¡Quedate! —le ordenó Mirjam.

Y a Deborah le llamó la atención, por primera vez, lo dura que sonaba la voz de su hija. Una voz de cobre, pensó Deborah. Sonaba como las campanas de iglesia, odiosas y temibles.

—¡Quedate, mamá! —repitió Mirjam—, dejalo solo a tu esposo, vení conmigo a Estados Unidos. Dejá acá Mendel Singer y al idiota de Menuchim.

—Le pedí que fuera a ver al rabino, pero no quiere. Yo no viajo más a Kluczýsk sola. ¡Tengo miedo! Ya me prohibió abandonar a Menuchim, incluso si su enfermedad se prolonga por años. ¿Qué tengo que decirle, Mirjam? ¿Tengo que decirle que tenemos que viajar por vos, porque vos, porque vos...?

—Porque me veo con cosacos —completó Mirjam, sin inmutarse. Y continuó—: Decile lo que quieras, yo no tengo nada que ver. En Estados Unidos voy a hacer lo que yo quiera. Que vos te hayas casado con un Mendel Singer no significa que yo también tenga que hacerlo. ¿O tenés un hombre mejor para mí? ¿Tenés una dote para tu hija?

Mirjam no elevó la voz. Sus preguntas no sonaban como tales, era como si hablara sobre cosas insignificantes, como si estuviera dando el precio de la verdura o de los huevos. Tiene razón, pensó Deborah. Ayudame, Dios, ella tiene razón.

Deborah invocó a todos los buenos espíritus para que la ayudaran. Porque sentía que tenía que darle la razón, que era ella misma la que hablaba a través su hija. Deborah empezó a tener miedo de sí misma, como hacía un rato había tenido miedo de Mirjam. Estaban sucediendo cosas inquietantes. Los soldados seguían cantando. Todavía se podía ver un pequeño rayo de sol rojo por encima del violeta.

—Me tengo que ir —dijo Mirjam.

Se despegó del muro del que había estado apoyada, bajó de la vereda revoloteando como una mariposa blanca, cruzó por el medio de la calle con pies coquetos y apurados, y se dirigió al cuartel, respondiendo al llamado del canto de los cosacos.

A cincuenta pasos del cuartel, en medio del sendero pequeño que había entre el inmenso bosque y el trigal de Sameschkin, la estaba esperando Iwan.

—Nos vamos a Estados Unidos —dijo Mirjam.

—No me olvides —le advirtió Iwan—. A esta hora, cuando se ponga el sol, vas a pensar solo en mí, y no en otro. Y quizás, si Dios quiere, voy a ir a tu encuentro. Escribime, Pawel me va a leer tus cartas, pero no escribas cosas nuestras tan secretas, que me va a dar vergüenza.

Besó a Mirjam fuerte y muchas veces, sus besos sonaban como disparos en la noche. Es una chica del demonio, pensó él, ahora se va para Estados Unidos, me tengo que buscar otra. Ninguna es tan linda como ella, todavía me quedan cuatro años de servicio. Iwan era alto, fuerte como un oso y tímido. Sus enormes manos temblaban cuando las tocaba una chica. Tampoco era muy ducho en el amor, Mirjam le enseñó de todo, ¡cuántas cosas sabía! Se abrazaron como lo habían hecho los días anteriores, en el medio del campo, entre los frutos de la tierra, rodeados y cubiertos por el maíz pesado. Las espigas se inclinaban sin oponer resistencia cuando Mirjam e Iwan caían lentamente; incluso antes de que ellos cayeran parecían inclinarse. Ese día, el amor que se brindaban era más intenso, más corto y, al mismo tiempo, temeroso. Sus cuerpos estaban pegados, pero ya se sentían distanciados, separados por el océano. Qué bueno, pensó Mirjam, que no es él el que viaja, que no soy yo la que se queda. Se quedaron acostados durante un largo rato, apagados, mudos, como dos malheridos. Miles de pensamientos rondaban por sus cabezas. No se percataron de la lluvia que, finalmente, había llegado. Había empezado astuta y sigilosa, pasó un rato hasta que las gotas se volvieron lo suficientemente pesadas como para romper el cerco dorado y tupido de las espigas. De pronto estaban inmersos en el agua torrencial. Se espabilaron y empezaron a correr. La lluvia los confundió, transformó al mundo por completo, les arrebató el sentido del tiempo. Pensaron que ya era tarde y se apuraron como si hubieran escuchado las campanadas de la torre, pero solo la lluvia repiqueteaba, cada vez más y más densa; otras voces de la noche estaban totalmente enmudecidas. Se besaron las caras mojadas, se apretaron las manos, pero el agua se interponía entre ellos, no se podían sentir los cuerpos. Se despidieron apurados, cada uno tomó su camino, la lluvia ya envolvía a Iwan y lo volvía invisible. ¡No lo voy a ver más!, pensó Mirjam, mientras corría hacia su casa. Ya llega la temporada de cosecha. Mañana los campesinos se van a asustar, porque una lluvia trae otras. Llegó a la casa, esperó un rato en el umbral, como si un par de minutos alcanzaran para secarse. Decidió entrar. Estaba oscuro, todos dormían. Se acostó sin hacer ruido, mojada como estaba, se dejó la ropa puesta esperando que se secara y no se movió más. La lluvia murmuraba afuera.

Todos sabían ya que Mendel se iba a Estados Unidos; sus alumnos, uno tras otro, fueron abandonando sus clases. Solo quedaban cinco chicos y no asistían con regularidad. Kapturak no había traído todavía los papeles, Sam no había enviado todavía los pasajes. Pero la casa de Mendel Singer ya empezaba a desmoronarse. Cuán podrido debía estar todo, pensó Mendel. Estaba podrido y nadie se dio cuenta. Quien no presta atención es igual a un sordo, o peor. Así está escrito en algún lado. Mi abuelo fue maestro acá, mi padre fue maestro acá, yo fui maestro acá. Ahora me voy a Estados Unidos. Los cosacos se llevaron a mi hijo Jonas y se quieren llevar a Mirjam. Menuchim... ¿qué va a pasar con Menuchim?

Esa noche fue hasta la casa de la familia Billes. A Mendel Singer le parecía una familia alegre que había tenido mucha suerte sin merecerla: todas sus hijas estaban casadas, excepto la más joven, a la que le iba a ofrecer su casa; sus tres hijos habían hecho el servicio militar y habían viajado por el mundo; uno había ido a Hamburgo; otro, a California; el tercero, a París. Era una familia feliz. La mano de Dios reposaba sobre ellos, estaban recostados en su mano inmensa. El viejo Billes estaba siempre risueño. Mendel Singer había sido el maestro de sus hijos varones. El viejo Billes había sido alumno del viejo Singer. Mendel creía que, como se conocían hacía mucho, tenía derecho a obtener algo de su buena suerte. La familia Billes, que no nadaba en la abundancia, tomó con agrado la propuesta de Mendel Singer. ¡Bien!, pensó Mendel. La joven pareja va a vivir en nuestra casa y a cuidar a Menuchim.

—No da mucho trabajo —dijo Mendel Singer—. Va mejorando año tras año. Con la ayuda de Dios pronto estará curado por completo. Cuando eso suceda, vendrá Schemarjah, mi hijo más grande, o mandará a alguien para que lleve a Menuchim a Estados Unidos.

—¿Y cómo anda Jonas? —preguntó el viejo Billes.

Hacía tiempo que Mendel no escuchaba nada de su cosaco (así le decía para sus adentros, con desprecio, pero también con orgullo). Sin embargo, respondió:

—¡Muy bien! Aprendió a leer y a escribir, y lo ascendieron. ¡Si no fuera judío, podría ser ya un oficial, quién sabe!

Ante esa familia tan feliz, Mendel no podía estar cargando con el peso de la desgracia sobre su espalda, así que la enderezó y fingió algo de felicidad.

Acordaron que Mendel Singer iba a entregarle la casa a la familia Billes ante testigos comunes, no ante un organismo oficial, eso costaba dinero. Tres o cuatro judíos honestos como testigos bastarían. Mendel recibió un adelanto de treinta rublos, porque ya no tenía alumnos ni dinero en la casa.

Una semana más tarde, Kapturak volvió a aparecer en su cochecito liviano en la ciudad. Mendel tenía todo: el dinero, los pasajes, los pasaportes, la visa, la fianza para cada uno e incluso los honorarios de Kapturak.

—Un pagador puntual —dijo Kapturak—. Su hijo Schemarjah, llamado Sam, es un pagador puntual. Un *gentleman,* dicen allá.

Kapturak iba a acompañar a la familia Singer hasta la frontera. El barco a vapor Neptuno salía de Bremen a Nueva York en cuatro semanas.

La familia Billes fue a hacer el inventario de la casa. Deborah se llevaba la ropa de cama, seis almohadones, seis sábanas, seis fundas rojas y azules cuadriculadas, y les dejaba los jergones y la ropa de cama para Menuchim.

Aunque Deborah no tenía mucho que empacar y sabía perfectamente qué era lo que le pertenecía, realizaba tareas sin cesar. Guardaba cosas, las volvía a sacar. Contó la vajilla una vez, dos veces. Menuchim rompió dos platos. El chiquito parecía ir perdiendo su estúpida calma paulatinamente. La frecuencia con la que llamaba a su madre había aumentado, repetía una docena de veces la única palabra que podía decir desde hacía años, incluso cuando ella no estaba cerca. ¡Este Menuchim es un idiota! ¡Un idiota! ¡Qué fácil es decirlo!

¡Pero quién sabe qué torbellino de temores y preocupaciones había soportado el alma de Menuchim estos días; el alma de Menuchim, que Dios había ocultado detrás del velo de la estupidez! Sí, el inválido Menuchim estaba aterrorizado. A veces iba reptando desde su rincón hasta la puerta, se ponía en cuclillas en el umbral bajo el sol como un perro enfermo y miraba a los transeúntes, de los que solo veía las botas, los pantalones, las medias y los faldones. A veces se agarraba del delantal de su madre y gruñía. Deborah lo tomaba del brazo, aunque ya tenía un peso considerable. Pero lo tomaba del brazo y cantaba unas tres estrofas inconexas de una canción infantil, que ya había olvidado casi por completo y comenzaba a recordar ni bien sentía en sus brazos a su desdichado hijo. Después volvía a dejarlo en el suelo y se iba a hacer su trabajo, que desde hacía días solo constaba de paquetes y cuentas. En un momento se dio por vencida. Se quedó parada un rato, con la mirada pensativa. Sus ojos no eran muy diferentes a los de Menuchim, no tenían vida; en una lejanía desconocida buscaban, desorientados, los pensamientos que la mente se negaba a enviar. Su mirada insensata se posó sobre el saco en el que había que coser los acolchados. Quizás, pensó, podían coser a Menuchim a un saco. Enseguida se estremeció al imaginarse a los revisores de la aduana clavando lanzas largas y filosas en los sacos de los pasajeros. Empezó de nuevo a desempacar, y la decisión de quedarse se le cruzaba por la mente, como le había dicho el rabino de Kluczýsk: "¡No lo abandones, quedate con él como si fuera un chico sano!". Ya no tenía fuerzas para creer, y las fuerzas que necesitaba para soportar la desesperación también la iban abandonando.

Era como si Deborah y Mendel no hubieran decidido ir por voluntad propia a Estados Unidos, sino como si Estados Unidos hubiera ido hacia ellos, como si se hubiera abalanzado sobre ellos, con Schemarjah, Mac y Kapturak. Ahora que se daban cuenta, era muy tarde. Ya no podían librarse de Estados Unidos. Ya les habían llegado los papeles, los pasajes, las fianzas.

—¿Qué pasa —preguntó Deborah una vez— si de repente Menuchim se cura, hoy o mañana?

Mendel sacudió la cabeza un rato. Luego, dijo:

—Si Menuchim se cura, ¡lo llevamos con nosotros!

Y, sin decir más nada, los dos se entregaron a la esperanza de que, al día siguiente o al otro, Menuchim se levantaría con sus extremidades sanas y un habla consumada.

El domingo tienen que viajar. Es jueves. Deborah se para frente al hogar por última vez para preparar la comida del *sabbat*, el pan blanco con semillas de amapola y los pancitos trenzados. El fuego arde, sisea y crepita, y el humo llena el ambiente como cada jueves desde hace treinta años. Afuera llueve. La lluvia reprime el humo de la chimenea, la vieja y familiar mancha en la cal del techo tiene otra vez su frescura húmeda. Hacía diez años que el agujero en las tejas del techo debería haberse reparado; la familia Billes se va a encargar. La gran valija marrón de hierro está de pie con su sólida barra de hierro delante de la ranura y dos relucientes cerraduras nuevas, también de hierro. De vez en cuando, Menuchim se le acerca y la toca para que se balancee. Y entonces hay un traqueteo despiadado, las cerraduras se golpean contra las ruedas, que se quedan temblando y no quieren calmarse. Y el fuego crepita, y el humo llena el ambiente. Durante la noche del *sabbat*, Mendel Singer se despide de sus vecinos. Toman el aguardiente verde amarillento que uno de ellos hizo con hongos. Por eso no solo es fuerte, sino también amargo. La despedida dura más de una hora. Todos le desean suerte a Mendel. Algunos lo miran escépticos, otros le tienen envidia. Pero todos le dicen que Estados Unidos es un país maravilloso. No hay otra cosa que un judío pueda desear más que llegar a Estados Unidos.

Aquella noche Deborah salió de la cama y, llevando en la mano una vela con mucho cuidado, fue hacia donde estaba acostado Menuchim. Estaba de espaldas, su cabeza pesada yacía sobre la manta gris enrollada, sus párpados estaban semiabiertos, se podía ver el blanco del ojo. Cada vez que respiraba su cuerpo temblaba, sus dedos dormidos se movían sin parar. Tenía las manos sobre el pecho. Su cara dormida era aún más pálida y blanda que durante el día. Sus labios azulados estaban abiertos y tenía espuma blanca y perlada en las comisuras.

Deborah apagó la luz. Se agachó al lado de su hijo por unos segundos, se levantó y volvió a la cama en puntas de pie. No se va a convertir en nada, pensó. No pudo volver a dormirse.

El domingo a las ocho de la mañana llega un mensajero de Kapturak. Es el hombre del gorro azul que aquella vez llevó a Schemarjah a la frontera. Hoy también el hombre del gorro azul se queda en la puerta, rechaza el té que le ofrecen, luego ayuda a llevar la valija sin decir una palabra y la coloca en el coche. Es un coche cómodo, hay lugar para cuatro personas. Los pies se apoyan en el heno blando, el interior tiene el aroma de la tierra de fin de verano. Los lomos de los caballos resplandecen, cepillados y pulidos, son como espejos marrones y curvos. Un yugo ancho con campanitas plateadas reviste sus cuellos delgados y altivos. Aunque es un día claro, se puede ver el chisporroteo que hacen sus cascos al golpear la grava.

Deborah tiene de nuevo a Menuchim en brazos. La familia Billes ya está allí, todos rodean el coche y no paran de hablar. Mendel Singer está sentado en el coche y Mirjam tiene su espalda apoyada en la espalda de su padre. Solo Deborah está todavía en la puerta de la casa, con Menuchim en brazos.

De pronto, se deshace de él. Lo sienta con cuidado en el umbral como se coloca un cadáver en un ataúd, se levanta, se estira, deja caer las lágrimas, lágrimas desnudas sobre la cara desnuda. Está decidida. Su hijo se queda. Ella va a viajar a Estados Unidos. No ocurrió ningún milagro.

Llorando, se sube al coche. No ve los rostros de las personas a las que les da la mano. Sus ojos son dos grandes mares de lágrimas. Escucha el traqueteo de los cascos de los caballos. Se pone en marcha.

Deborah grita, no sabe que está gritando, grita fuera de sí, su corazón tiene una boca y grita. El coche se frena, ella pega un salto, ágil como un chico. Menuchim sigue sentado en el umbral. Deborah se tira el suelo.

—¡Mamá, mamá! —balbucea Menuchim.

Ella se queda acostada.

La familia Billes la levanta. Ella grita, se resiste, y finalmente se calma. La llevan de vuelta al coche y la acuestan sobre el heno. El coche rueda rápido hacia Dubno.

Seis horas más tarde estaban sentados en el ferrocarril, en un tren lento, junto a otras personas desconocidas. El tren atravesaba sigilosamente todo el territorio, pasando por las praderas y los campos en donde se realiza la cosecha. Campesinos y campesinas, cabañas y rebaños saludaban al tren. La suave melodía de las ruedas adormecía a los pasajeros. Deborah no había dicho ni una palabra todavía. Dormitaba. Las ruedas del tren repetían una y otra vez: ¡No lo abandones! ¡No lo abandones! Mendel Singer oraba. Oraba de memoria y mecánicamente, no pensaba en el significado de las palabras, el sonido por sí solo alcanzaba, Dios entendía qué significaban. Además, Mendel tapaba así el pavor que le tenía al agua y que en unos días iba a tener que enfrentar. A veces le lanzaba una mirada distraída a Mirjam, que estaba sentada frente a Mendel, del lado del hombre del gorro azul. Mendel no veía cómo ella se apretujaba contra él. El hombre del gorro azul no le hablaba, estaba esperando que llegaran esos cortos quince minutos entre el comienzo del atardecer y el momento en el que el guarda encendiera las diminutas llamas de gas. De esos quince minutos, y de la noche que vendría después, esperaba todo tipo de placeres.

A la mañana siguiente, el hombre del gorro azul se despidió del viejo Singer con indiferencia, solo a Mirjam le dio un apretón de manos con efusividad muda. Estaban en la frontera. Los guardias de control tomaron sus pasaportes. Cuando lo llamaron por su nombre, Mendel tembló, pero sin razón. Todo estaba en orden. Pasaron.

Se subieron a otro tren, vieron otras estaciones, escucharon nuevas señales, vieron nuevos uniformes. Viajaron tres días y cambiaron dos veces de tren. A la tarde del tercer día, llegaron a Bremen. Un hombre de la compañía naviera gritó:

—¡Mendel Singer!

La familia Singer se presentó. El empleado esperaba a no menos de nueve familias. Los ponía en fila, los contaba tres veces, leía sus nombres en voz alta y a cada uno le daba un número. Ellos se quedaron ahí parados y no sabían qué hacer con las chapitas con números. El empleado se fue. Había prometido volver pronto. Las nueve familias, las veinticinco personas, no se movieron. Estaban en fila sobre la plataforma; las chapitas, en la mano; los bultos, a los pies. A la izquierda, en el extremo más lejano, estaba Mendel Singer, que se había presentado tarde.

Durante el viaje apenas había hablado con su mujer y su hija. Ambas mujeres también habían estado calladas. Pero ahora parecía que Deborah ya no podía soportar más el silencio.

—¿Por qué no te movés? —preguntó Deborah.

—Nadie se mueve —contestó Mendel.

—¿Por qué no le preguntás al resto de la gente?

—Nadie pregunta nada.

—¿Qué estamos esperando?

—No sé qué estamos esperando.

—¿Creés que me pueda sentar arriba de la valija?

—Sentate arriba de la valija.

Pero en el momento en el que Deborah abrió sus faldones para agacharse, apareció el empleado de la compañía naviera y anunció en ruso, polaco, alemán e ídish que iba a guiar a las nueve familias hacia el puerto, que pasarían la noche en una barraca y que al día siguiente a las siete de la mañana zarparía el Neptuno.

Se instalaron en la barraca en Bremerhaven. Con los puños cerrados se aferraban a las chapitas con números, incluso mientras dormían. El ronquido de veinticinco personas y los movimientos que hacían en las camas duras producían un temblor en las vigas, y las lamparitas amarillas eléctricas se balanceaban en silencio. Estaba prohibido preparar té. Se habían ido a dormir con la garganta seca. Solo a Mirjam un peluquero polaco le había ofrecido unos caramelos rojos. Mirjam se durmió con una bola grande y pegajosa en la boca.

Mendel se despertó a las cinco de la mañana. Con mucho esfuerzo logró salir del receptáculo de madera en el que había dormido, buscó la canilla de agua y salió para ver dónde quedaba el este. Luego volvió, se puso en un rincón y oró. Murmuraba para sí mismo, pero mientras lo hacía, un dolor agudo lo estremeció y desgarró su corazón con tanta intensidad que en el medio del murmullo suspiró profundamente en voz alta. Algunos de los que todavía dormían se despertaron, miraron hacia abajo y se rieron del judío, que saltaba y se sacudía en el rincón; su torso se balanceaba para adelante y para atrás, y ejecutaba una danza miserable para honrar a Dios.

Mendel no había terminado cuando el empleado abrió la puerta de un golpe. La brisa del mar lo había llevado hasta la barraca.

—¡A levantarse! —gritó varias veces, en todos los idiomas del mundo.

Todavía era temprano cuando llegaron al barco. Los dejaron mirar un poco los salones-comedor de primera y segunda clase mientras los llevaban a la entrecubierta. Mendel Singer no se movía. Estaba parado en uno de los escalones más altos de una escalera angosta de hierro, dándoles la espalda al puerto, al país, al continente, a la patria, al pasado. A su izquierda brillaba el sol. El cielo era azul. El barco era blanco. El agua era verde. Llegó un marinero y le ordenó a Mendel Singer que saliera de la escalera y este calmó al marinero con un movimiento de manos. Estaba muy tranquilo y sin miedo. Lanzó una mirada fugaz al mar y absorbió el consuelo de la inmensidad del agua en movimiento. Era infinita. Mendel sabía que Dios mismo la había creado. La había vertido de su fuente inagotable y secreta. Ahora se mecía entre tierras firmes. En el fondo más profundo estaba enroscado el Leviatán, el pez sagrado que los piadosos y justos alimentarán en el Día del Juicio. El barco en el que estaba Mendel se llamaba Neptuno. Era un barco grande. Pero en comparación con el Leviatán y el mar, el cielo y la sabiduría del Eterno, era un barco diminuto. No, Mendel no sentía miedo. Él había tranquilizado al marinero, él, un judío moreno y chiquito en un barco gigante y frente al océano inmenso. Dio media vuelta y murmuró la bendición que se dice cuando se mira al mar. Dio media vuelta y esparció las palabras de la bendición sobre las olas verdes:

—¡Alabado seas, Dios eterno, nuestro Señor, que creaste los mares para separar los continentes!

En ese momento, sonaron las sirenas. Los motores empezaron a hacer ruido, y el aire y el barco y las personas temblaron. Solo el cielo se mantenía calmo, azul, azul y calmo.

IX

En la decimocuarta noche del viaje en barco se iluminaron las grandes balizas centelleantes de los buques faro.

—Ahora —le dijo un judío a Mendel Singer, que ya había hecho el mismo viaje dos veces— aparece la Estatua de la Libertad. Mide noventa y tres metros, está ahuecada por dentro, y cualquiera puede subir. En la cabeza tiene una diadema de rayos solares. En la mano derecha lleva una antorcha. Y lo más lindo es que esa antorcha se enciende de noche y nunca se consume del todo, porque la iluminación es eléctrica. Este tipo de piezas artísticas solo se hacen en Estados Unidos.

En la mañana del decimoquinto día desembarcaron. Deborah, Mirjam y Mendel se quedaron uno al lado del otro, por miedo a perderse.

Llegaron unos hombres en uniforme, que a Mendel le parecieron algo peligrosos, aunque no portaran sables. Algunos llevaban trajes níveos y parecían mitad gendarmes, mitad ángeles. Son los cosacos de Estados Unidos, pensó Mendel, y miró a su hija Mirjam.

Los llamaron por orden alfabético y cada uno tomó su equipaje, que no fue pinchado con lanzas filosas. Quizás podríamos haber traído a Menuchim, pensó Deborah.

De pronto, Schemarjah estaba delante de ellos. Los tres se asustaron por igual.

Estaban volviendo a ver al mismo tiempo su viejo hogar, al viejo Schemarjah y al nuevo, llamado Sam.

Vieron a Schemarjah y a Sam al mismo tiempo, como si un Sam transparente envolviera a Schemarjah.

Efectivamente, era Schemarjah, pero era Sam.

Eran dos. Uno llevaba gorro y traje negros y botas altas, y le salían los primeros pelitos negros de sus mejillas.

El otro tenía puesto una chaqueta gris clarito, un gorro blanco como el de un capitán, pantalones anchos y amarillos, una camisa de seda verde brillante, y su rostro era terso como una lápida.

El segundo era muy parecido a Mac.

El primero habló con su antigua voz; ellos solo escucharon la voz, no las palabras.

El segundo dio una palmada con mano fuerte en el hombro de su padre y dijo:

—*Hello, old chap!*

Ahora sí habían escuchado las palabras, pero no entendieron nada.

El primero era Schemarjah. El segundo era Sam.

Sam besó a su padre. Luego, a su madre y a Mirjam. Los tres le sintieron el aroma a jabón de afeitar, una mezcla de narcisos y ácido carbólico. Remitía a un jardín y a un hospital al mismo tiempo.

Se repitieron varias veces en silencio que Sam era Schemarjah. Recién entonces se alegraron.

—Los demás —dijo Sam— tienen que hacer cuarentena. ¡Ustedes no! Mac lo arregló todo. Dos primos suyos trabajan acá.

Media hora más tarde, apareció Mac.

Se veía igual a cuando había ido a visitarlos a la ciudad. Ancho, ruidoso, hablando a los gritos en un idioma incomprensible y con los bolsillos llenos de masitas dulces que enseguida empezó a repartir y a comérselas él mismo. Sobre su pecho ondeaba, como una bandera, una corbata de un rojo furioso.

—Bueno, en realidad sí tienen que hacer cuarentena —dijo Mac.

Es que había exagerado: era cierto que sus primos trabajaban allí, pero en el sector de aduana.

—Igualmente, yo los voy a acompañar —agregó—. ¡No tengan miedo!

No había por qué tener miedo. Mac les dijo a todos los empleados que Mirjam era su novia, y Mendel y Deborah, sus suegros.

Todos los días a las tres de la tarde, Mac llegaba hasta la verja del campamento. Estiraba su mano a través del alambrado, aunque estaba prohibido, y saludaba a todos. Luego de cuatro días, logró liberar a la familia Singer. Nunca contó cómo lo había logrado. Una de las características de Mac era contar con mucha pasión cosas inventadas y callar sobre las que realmente habían sucedido.

Insistió en llevarlos en un carro de su empresa para que pudieran contemplar el país antes de que fueran a la casa. Cargaron a Mendel Singer, a Deborah y a Mirjam al vehículo y los llevaron a pasear.

Era un día claro y caluroso. Mendel y Deborah iban sentados en el sentido de la marcha, y Mirjam, Mac y Sam iban frente a ellos. El carro era pesado y traqueteaba por las calles con energía furiosa. A Mendel le parecía que quería destrozar la piedra y el asfalto para siempre y sacudir los cimientos de las casas. El asiento de cuero ardía debajo del cuerpo de Mendel como una estufa caliente. Aunque se mantenían bajo la sombra opaca de los altos muros, el calor abrasador atravesaba como plomo gris y fundente el gorro negro de gorgorán en la cabeza de Mendel, penetraba en su cerebro y lo soldaba herméticamente, con ardor húmedo, pegajoso y doloroso. Desde que había llegado apenas si había dormido, había comido muy poco y no había tomado casi nada. Tenía puestas unas galochas de goma en las botas pesadas, y sus pies ardían como si estuvieran sobre fuego. Apretujado entre las rodillas, llevaba su paraguas, cuyo mango de madera quemaba y no se podía tocar, era como un hierro candente. Delante de los ojos de Mendel flotaba un velo de hollín, polvo y calor. Pensó en el desierto que habían atravesado sus antepasados durante cuarenta años. Pero al menos iban a pie, se dijo a sí mismo. La velocidad delirante con la que andaba el carro hacía que se levantara viento, pero era un viento caliente, un soplo ardiente del infierno. En lugar de refrescar, abrasaba. No, no era viento lo que soplaba, era ruido y griterío. Era el sonido estridente de cientos de campanas invisibles, el retumbar metálico y peligroso de los trenes, incontables bocinazos, el chirrido suplicante de los raíles en las curvas de las calles, el bramido de Mac, que a través de un cono les hablaba a los pasajeros sobre Estados Unidos, el murmullo de la gente alrededor, la risa estentórea de un pasajero detrás de Mendel, las palabras inaudibles que le dirigía Sam, palabras que él no entendía, pero a las que contestaba asintiendo con la cabeza y con una sonrisa amable y a la vez temerosa en los labios, como una pinza de hierro dolorosa. Aunque hubiera tenido el valor para mantenerse serio, ya que la situación lo exigía, no habría podido dejar de sonreír. No tenía fuerzas para hacer otra mueca. Los músculos de su cara estaban endurecidos. Hubiera preferido ponerse a llorar como un chico. Sintió el olor acre del alquitrán del asfalto derritiéndose, del polvo seco y áspero en el aire, del hedor rancio y grasiento de las alcantarillas y de las queserías, el aroma corrosivo de las cebollas y el dulce de la gasolina de los autos, el olor a podrido de las pescaderías, el lirio de los valles y el cloroformo de las mejillas de su hijo. Todos esos olores se fusionaban en un vaho caliente que lo devoraba junto con el ruido que colmaba sus oídos y quería dinamitar su cráneo. Enseguida ya no supo qué tenía que escuchar, mirar, oler. Seguía sonriendo y asintiendo con la cabeza. Estados Unidos lo penetraba, lo quebraba, lo destrozaba. Luego de unos minutos, se desmayó.

Se despertó en un comedor al que lo habían llevado rápidamente para que se refrescara. En un espejo redondo con lamparitas a su alrededor vio su barba blanca y su nariz huesuda, y en un primer momento pensó que esa barba y esa nariz le pertenecían a otra persona. Se reconoció recién cuando vio a su familia, que lo rodeaba. Se avergonzó un poco. Con algo de esfuerzo abrió la boca y le pidió disculpas a su hijo. Mac agarró su mano y la sacudió, como si lo estuviera felicitando por un truco de magia logrado o una apuesta ganada. La pinza de hierro de la sonrisa volvió a su boca, y nuevamente una violencia desconocida lo obligaba a mover la cabeza como si estuviera asintiendo. Observó a Mirjam. Tenía el pelo negro revuelto debajo de la bufanda amarilla, algo de hollín en las mejillas pálidas y una paja larga entre los dientes. Deborah estaba sentada, ancha y callada, con las narinas infladas y el pecho que subía y bajaba, sobre un sillón redondo sin respaldo. Parecía que se iba a caer en cualquier momento.

¿Qué tiene que ver esta gente conmigo?, pensó Mendel. ¿Qué tiene que ver Estados Unidos conmigo? ¿Mi hijo, mi mujer, mi hija, ese tal Mac? ¿Sigo siendo Mendel Singer? ¿Sigue siendo esta mi familia? ¿Dónde está mi hijo Menuchim? Le parecía haber sido separado y expulsado de sí mismo, y así tendría que vivir a partir de ese momento. Le parecía que él mismo se había quedado en Zuchnow, cerca de Menuchim. Y mientras sus labios sonreían y su cabeza se sacudía, su corazón empezó a congelarse, latía como un martillo de metal contra el vidrio frío. Ya sentía la soledad Mendel Singer. Ya estaba en Estados Unidos

SEGUNDA PARTE

X

Unos cientos de años antes, un antepasado de Mendel Singer había llegado a Volhyna, probablemente desde España. Su destino fue más feliz, más normal y menos notorio que el de sus descendientes, y por eso no sabemos si le llevó mucho o poco tiempo aclimatarse en el nuevo país. Pero sobre Mendel Singer sabemos que, después de unos meses, Nueva York ya era su casa.

¡Sí, era casi un estadounidense más! Ya sabía que *old chap* significaba padre y *old fool,* madre, o viceversa. Conocía a algunos comerciantes del Bowery con los que su hijo trataba, la Essex Street, en la que vivía, y la Houston Street, en donde estaba el negocio de su hijo, de su hijo Sam. Sabía que Sam ya era todo un *american boy,* que para ser un hombre educado había que decir *goodbye, how do you do* y *please,* que un comerciante de la Grand Street exigía respeto y podía vivir a la vera del río, de ese río que también atraía a Schemarjah. Le habían dicho que Estados Unidos era *God's own country,* la tierra de Dios, como alguna vez lo había sido Palestina, y Nueva York, *the wonder city,* la ciudad de los milagros, como alguna vez lo había sido Jerusalén. A la oración le decían *service* y a la beneficencia también.

El bebé de Sam, que había nacido justo una semana después de la llegada de su abuelo, se llama McLincoln y en unos años ¡zas! —el tiempo vuela en Estados Unidos— será un *college boy.* Su nuera le dice *my dear boy.* Ella se llama Vega de verdad, increíblemente. Es rubia y dulce y tiene unos ojos azules que para Mendel Singer delatan más bondad que inteligencia. ¡Que sea tonta, nomás! ¡Las mujeres no necesitan entendimiento, que Dios las ayude, amén! Entre las doce y las dos de la tarde hay que almorzar, y entre las seis y las ocho, cenar. Mendel no les hace caso a estos horarios. Almuerza a las tres de la tarde y cena a las diez de la noche, como en su patria, aunque en realidad allá es de día cuando se sienta a cenar, o quizás es de madrugada, quién sabe. *All right* quiere decir de acuerdo, y en lugar de sí dicen *yes.* Si se le quiere desear algo bueno a alguien, no se desea suerte y salud, sino *prosperity.* Sam ya está pensando en que próximamente va a alquilar un nuevo departamento a la vera del río, con un *parlour.* Ya tiene un gramófono que Mirjam a veces toma prestado de su cuñada y lo lleva por las calles abrazándolo como si fuera un chico enfermo. En el gramófono se pueden escuchar muchos valses, pero también el Kol Nidré. Sam se lava dos veces por día; al traje que usa algunas noches le dice *dress.* Deborah ya fue diez veces al cine y tres veces al teatro. Tiene un vestido de seda gris oscuro. Sam se lo regaló. En el cuello lleva una gran cadena de oro, se parece a una de esas amantes de las sagradas escrituras. Mirjam trabaja de vendedora en el negocio de Sam. Vuelve a la casa a la medianoche y se va a las siete de la mañana. Dice ¡buenas noches, papá!, ¡buen día, papá!, y nada más. Mendel escucha conversaciones por acá y por allá, pasan por sus oídos como pasa el río por los pies de un viejo en la orilla, escucha que Mac sale a pasear con Mirjam, que van a bailar, a nadar, a hacer ejercicio. Mendel Singer sabe que Mac no es judío, los cosacos tampoco son judíos, hay que esperar, Dios nos va a ayudar, ya veremos. La convivencia entre Deborah y Mirjam es buena. Hay paz en la casa. Madre e hija cuchichean, a veces pasada la medianoche; Mendel hace que duerme. Le sale fácil. Duerme en la cocina; su mujer y su hija duermen en la única habitación que hay. En Estados Unidos tampoco viven en un palacio. ¡Viven en un primer piso! Tuvieron suerte. Podrían haber vivido en el segundo, tercero o cuarto piso sin problemas. La escalera está torcida y sucia y siempre a oscuras. Incluso de día hay que iluminar los escalones con fósforos. Huele a gatos, a humedad y viscosidad. Todas las noches hay que poner levadura con veneno para ratones y astillas de vidrio trituradas en los rincones. Deborah friega el piso todas las semanas, pero nunca queda de color amarillo azafrán, como quedaba en Rusia. ¿A qué se debe? ¿Deborah está demasiado débil? ¿Demasiado vaga? ¿Demasiado vieja? Todos los tablones crujen cuando Mendel sube hacia la habitación. Es imposible saber dónde esconde Deborah el dinero. Sam le da diez dólares por semana. Sin embargo, Deborah está irritada. A veces tiene el diablo adentro. Su nuera es buena y dulce, pero, según Deborah, Vega es extravagante. Cuando Mendel la escucha decir ese tipo de cosas, le responde: "¡Callate, Deborah! ¡Alegrate por los chicos! ¿No sos ya lo suficientemente vieja como para quedarte callada? Como ya no podés reprocharme que gano muy poco, ¿sufrís porque no discutís conmigo? Schemarjah nos trajo acá para que envejezcamos y muramos cerca de él. Su mujer nos respeta, por lo que escuché. ¿Qué más querés, Deborah?".

Ella no sabía qué era lo que le faltaba. Quizás había esperado encontrar en Estados Unidos un mundo completamente diferente, en el que fuera posible olvidar enseguida la antigua vida que llevaban y a Menuchim. Pero Estados Unidos no era un mundo nuevo. Había más judíos que en Kluczýsk; de hecho, era una Kluczýsk más grande. ¿Habían viajado a través del océano para estar de nuevo en Kluczýsk, a donde se podía llegar tranquilamente con el coche de Sameschkin? Las ventanas daban a un patio interior oscuro, en donde se peleaban gatos, ratas y chicos; a las tres de la tarde —incluso en primavera— había que prender las lámparas de petróleo, no había luz eléctrica, ni siquiera tenían un gramófono propio. Allá en su patria, al menos, Deborah tenía luz y sol. Era cierto que ahora, de vez en cuando, iba con su nuera al cine, dos veces había tomado el subterráneo, y Mirjam era toda una señorita, usaba sombrero y medias de seda. Se estaba portando bien y ganaba dinero. Mac tenía un vínculo con ella; era preferible Mac antes que los cosacos. Era el mejor amigo de Schemarjah. No se le entendía ni una palabra de lo que decía, pero era cuestión de acostumbrarse. Era más habilidoso que diez judíos y contaba con la ventaja de no exigir ninguna dote. Después de todo, era otro mundo. Un Mac estadounidense no era lo mismo que un Mac ruso. Acá tampoco le alcanzaba el dinero. La vida se había encarecido notoriamente, no podía ahorrar, en el tablón había escondidos dieciocho dólares y medio, las zanahorias escaseaban, los huevos se ahuecaban, las papas se congelaban, la sopa se aguaba, los peces carpa eran más angostos, y los lucios, más cortos; los patos, más raquíticos; los gansos, más duros, y las gallinas, la nada misma.

No, no sabía exactamente qué era lo que le faltaba. Extrañaba a Menuchim. A menudo, durmiendo o despierta, comprando, en el cine, ordenando o cocinando, escuchaba que él la llamaba. "¡Mamá, mamá!", gritaba. La única palabra que había aprendido. Seguramente, ya la había olvidado. Escuchaba que otros chicos gritaban "mamá" y las madres se les acercaban, ninguna madre se alejaba voluntariamente de sus hijos. No tendría que haber venido a Estados Unidos. ¡Pero siempre es posible volver a casa!

"Mendel", decía a veces. "¿No deberíamos volver para ver a Menuchim?". Y Mendel respondía: "¿No pensás en el dinero, cómo y de qué vamos a vivir? ¿Creés que Schemarjah nos puede dar tanto? Es un buen hijo, pero no es un Vanderbilt. Quizás esto sea obra del destino. ¡Por ahora nos quedamos! A Menuchim lo vamos a volver a ver cuando se cure".

Sin embargo, la idea de volver se aferró a Mendel Singer y no lo abandonó nunca más. Una vez, estando de visita en el negocio de su hijo (se había sentado en la oficina, detrás de la puerta de vidrio, miraba a los clientes ir y venir, y bendecía a cada uno en silencio), le dijo a Schemarjah:

—No sabemos nada de Menuchim. En la última carta que mandó Billes no había ni una palabra sobre él. ¿Qué te parece si voy a verlo?

Schemarjah, llamado Sam, era todo un *american boy* y dijo:

—Papá, no es muy práctico hacer eso. Si fuera posible traer a Menuchim para acá, se sanaría enseguida. La medicina estadounidense es la mejor del mundo, lo leí recién en el diario. Enfermedades como esas se curan con inyecciones, ¡así de simple, inyecciones! Pero, como no lo podemos traer al pobre Menuchim, ¿para qué gastar tanto dinero? ¡No quiero decir que sea imposible! Pero justo ahora que con Mac estamos preparando un gran negocio y hay poca plata, ¡mejor ni hablar de eso! ¡Esperá unas semanas! Te lo digo en confianza: Mac y yo estamos operando con terrenos edificables. Hicimos demoler una casa vieja en Delancy Street. Te digo, papá, la demolición es casi tan cara como la construcción. ¡Pero no hay que quejarse! ¡Nos vamos para arriba! ¡Cuando pienso en que empezamos vendiendo seguros, subiendo y bajando escaleras! Y ahora tenemos este negocio, bueno, ¡ya se podría decir que es un emporio! Ahora, los agentes de seguros vienen a verme a mí. Los veo y pienso: ya conozco el negocio, y los echo a la calle, ¡a todos los echo, yo personalmente!

Mendel Singer no entendió muy bien por qué Sam echaba a los agentes a la calle y por qué se alegraba tanto. Sam lo percibió y dijo:

—¿Querés tomar un *breakfast* conmigo, papá?

Fingió que se había olvidado de que el padre solo comía en la casa. Le gustaba generar ocasiones para resaltar la distancia que lo separaba de las costumbres de su patria. Se golpeó la frente como hacía Mac y dijo:

—¡Ay, cierto! ¡Me había olvidado! Pero una banana sí podés comer, papá.

E hizo que le trajeran una banana a su padre.

—Con respecto a Mirjam —dijo, mientras comía—, está progresando. Es la *girl* más linda del negocio. Si estuviera con desconocidos, ya le habrían ofrecido un trabajo como modelo. Pero yo no quiero que mi hermana entregue su figura para ponerse vestidos de otras. ¡Mac tampoco quiere!

Esperó para ver si su padre decía algo sobre Mac. Pero Mendel Singer no dijo nada. No estaba pensativo, apenas si había escuchado la última frase. Estaba rendido ante la admiración que tenía por sus hijos, especialmente por Schemarjah. Lo inteligente que era, lo rápido que pensaba, la fluidez con la que hablaba inglés, cómo tocaba los timbres, cómo sermoneaba a los cadetes, era todo un jefe.

Fue hacia el sector de camisas y corbatas para ver a su hija.

—¡Buen día, papá! —exclamó mientras atendía. Ella le demostraba respeto ahora, allá en Rusia había sido diferente. Era probable que no lo amara, pero no estaba escrito "amarás a tu padre y a tu madre", sino "honrarás a tu padre y a tu madre". Mendel la saludó y se alejó de nuevo. Se fue a la casa. Estaba tranquilo, iba caminando despacio por el medio de la calle, saludaba a los vecinos, se alegraba al ver a los chicos jugando. Llevaba puestos, como siempre, su gorro negro de gorgorán, el caftán semilargo y las botas altas. Pero los faldones ya no golpeaban con aleteos presurosos las cañas de cuero. Porque recién allí, en Estados Unidos, donde todos vivían apurados, Mendel Singer había aprendido a caminar despacio.

Así emprendía ahora el camino hacia la vejez, desde la oración matutina hasta la oración nocturna, desde el desayuno hasta la cena, desde que se despertaba hasta que se dormía. A la tarde, a la hora en la que en Rusia iban sus alumnos, se tiraba en el sofá, dormía una hora y soñaba con Menuchim. Luego, leía un poco el diario. Iba al negocio de la familia Skowronnek, en donde se vendían gramófonos, discos, cuadernos de música y letras de canciones, y también se tocaba y se cantaba. Allí se juntaban las personas mayores del barrio. Hablaban de política y se contaban anécdotas de sus países. A veces, si se hacía tarde, iban hacia la habitación de Skowronnek para una rápida oración nocturna.

Durante el camino a la casa, que siempre trataba de alargar un poco, empezaba a imaginarse que había una carta esperándolo. En la carta se podía leer claro y preciso que, primero, Menuchim estaba completamente curado y en su sano juicio; segundo, que Jonas, a causa de un dolor leve, había dejado el servicio y quería ir a Estados Unidos. Mendel Singer sabía que esa carta no había llegado. Pero intentaba, por así decirlo, que la carta fuera el factor determinante que le despertara las ganas de llegar. Y su corazón latía fuerte cuando tocaba el timbre. En el instante en el que veía a Deborah, todo se esfumaba. No había carta. Iba a ser una noche como cualquier otra.

Un día, tomando un desvío para llegar a la casa, vio a un adolescente en la esquina de una calle que, desde lejos, le pareció conocido. El chico estaba apoyado en el portón de una casa, llorando. Mendel escuchó un gemido tenue, pero incluso así de bajito llegaba hasta el otro lado de la calle donde estaba Mendel. El sonido le resultaba muy familiar. Se quedó parado. Decidió acercarse, preguntarle qué le pasaba, consolarlo. Se puso en marcha. De pronto, los gemidos se hicieron más fuertes y Mendel se frenó en el medio de la calle. Bajo la sombra de la noche y del portón en donde estaba agachado el chico, parecía tener la forma y la pose de Menuchim. Sí, así se agachaba y lloraba Menuchim allá en el umbral de su casa en Zuchnow. Mendel dio unos pasos más. El chico se metió en la casa. Mendel llegó hasta la puerta. El oscuro pasillo ya había engullido al adolescente. Mendel volvió a su casa, caminando mucho más lento que antes.

Cuando tocó el timbre no fue Deborah la que apareció, sino su hijo Sam. Mendel se quedó un momento en el umbral. Aunque estaba preparado para recibir una sorpresa alegre, de pronto tuvo miedo de que hubiera ocurrido una desgracia. Su corazón estaba tan acostumbrado a la desgracia que se asustaba, incluso habiéndose preparado largamente para la dicha. ¿Qué sorpresa alegre le puede pasar a un hombre como yo?, pensó. Todo lo repentino es malo, y lo bueno aparece lentamente.

Pero la voz de Schemarjah lo tranquilizó enseguida.

—¡Entrá! —le dijo.

Llevó al padre de la mano a la habitación. Deborah había encendido dos lámparas. Su nuera Vega, Mirjam y Mac estaban sentados alrededor de la mesa. A Mendel le pareció que toda la casa estaba distinta. Las dos lámparas —del mismo estilo— parecían mellizas y se alumbraban más a ellas mismas que a la habitación. Parecían sonreírse una a la otra, y eso a Mendel lo alegró.

—¡Sentate, papá!

Mendel no sentía curiosidad, ya presentía con temor que se venía alguna de esas historias típicas estadounidenses que alegraban a todo el mundo menos a él. "¿Qué va a pasar?", pensó. "Seguro me regalan un gramófono. O decidieron poner fecha de casamiento". Se sentó, muy molesto. Nadie hablaba. Entonces, como si se encendiera una tercera lámpara, Sam dijo:

—Papá, ganamos quince mil dólares de golpe.

Mendel se levantó y les dio la mano a todos. El último fue Mac. Mendel le dijo:

—Le agradezco mucho.

Sam tradujo la frase de inmediato al inglés. Mac también se levantó y abrazó a Mendel. Luego, empezó a hablar sin parar. Esa noche no habló nadie más que Mac. Deborah intentaba pasar la suma a rublos y no lo lograba. Vega pensaba en muebles nuevos para el departamento nuevo, particularmente en un piano. Su hijo tomaría clases. Mendel pensaba en una pequeña excursión a su patria. Mirjam solo escuchaba hablar a Mac e intentaba entender lo más posible. Como no podía entender del todo, pensaba que Mac hablaba de una manera demasiado culta. Sam pensaba si debía poner todo el dinero en su negocio. Mac era el único que no pensaba en casi nada, no se hacía problemas, no pergeñaba ningún plan. Decía lo que se le ocurría.

Al día siguiente viajaron a Atlantic City.

—¡Qué hermosa naturaleza! —dijo Deborah.

Mendel solo observaba el agua. Recordó aquella noche salvaje en la que había terminado en el borde de la calle con Sameschkin. Y escuchaba el canto de los grillos y el croar de las ranas.

—Allá en Rusia —dijo de pronto Mendel— la tierra es tan extensa como aquí el agua.

Hubiera preferido no decir eso.

—¿Estás escuchando lo que dice tu padre? —dijo Deborah—. ¡Se está poniendo viejo!

Sí, claro, me estoy poniendo viejo, pensó Mendel.

Cuando llegaron a la casa, encontraron en la puerta una carta abultada que el cartero no había logrado hacer pasar por debajo.

—Ves —dijo Mendel mientras se agachaba—, esta es una buena carta. La dicha ha comenzado. Un evento dichoso trae otro, alabado sea el Señor. Él nos va a seguir ayudando.

Era una carta de la familia Billes. Y, efectivamente, era una buena carta. Allí contaban que Menuchim, de pronto, había empezado a hablar.

La familia Billes había escrito:

El médico Soltysiuk vino a verlo. No lo podía creer. Quiere llevarlo a San Petersburgo, los grandes médicos se devanan los sesos por este caso. Un jueves a la tarde, él estaba solo en casa. El hogar estaba encendido como todos los jueves, se desprendió un leño y se prendió fuego todo el piso, tuvimos que blanquear las paredes. Nos salió mucho dinero. Menuchim salió a la calle (ya puede caminar bien) y gritó: "¡Fuego!". Y desde ese momento dice algunas palabras más.

Lástima que Jonas ya se había ido hacía una semana. Porque Jonas estuvo acá de vacaciones, ya es todo un soldado, y no sabía que ustedes estaban en Estados Unidos. Él también les escribió algo, está del otro lado.

Mendel dio vuelta la hoja y leyó:

¡Querido padre, querida madre, querido hermano y querida hermana!

La noticia de que estaban en Estados Unidos me cayó como un baldazo de agua fría. Yo tengo la culpa, porque nunca o, mejor dicho, según recuerdo, solo una vez les escribí y, sin embargo, como dije, me cayó como un baldazo de agua fría. Pero no se preocupen. Yo estoy bien. Todos son buenos conmigo y yo soy bueno con todos, especialmente con los caballos. Puedo cabalgar como el mejor cosaco y levantar un pañuelo con los dientes al galope. Me encantan esas cosas, y el servicio militar también. Me voy a quedar, aunque ya cumplí mi tiempo. Acá te atienden, te dan de comer, desde arriba nos dicen lo que hay que hacer, no hay que pensar. No sé si me entienden lo que quiero decir. Quizás no me entiendan para nada. El establo es muy cálido y amo a los caballos. Si vienen alguna vez, pueden visitarme. Mi capitán dijo que, si sigo siendo tan buen soldado, puedo elevar una petición al zar, es decir, a Su Excelentísima Majestad, para que perdone y olvide la deserción de mi hermano. Me pondría muy contento poder volver a ver a Schemarjah en esta vida, al fin y al cabo, crecimos juntos. Sameschkin les manda saludos, está bien.

Por acá se dice, de vez en cuando, que se viene una guerra. Si de verdad sucede, tendrían que estar preparados para mi muerte, así como yo lo estoy, porque soy un soldado. Por eso los abrazo ahora por y para siempre. Pero no estén tristes, quizás viva después de todo.

Su hijo Jonas

Mendel Singer se sacó los anteojos y vio cómo Deborah lloraba y, después de mucho tiempo, volvió a tomarla de las manos. Se las sacó de la cara llorosa y le dijo casi con alegría:

—Ves, Deborah, el Señor nos ayudó. Agarrá la bufanda, bajá y traé una botella de hidromiel.

Se sentaron a la mesa y tomaron hidromiel en vasos de té, se miraban y pensaban lo mismo.

—El rabino tenía razón —dijo Deborah. Su memoria le dictaba las palabras exactas que habían estado dormidas por mucho tiempo—. El dolor lo hará sabio; la fealdad, bondadoso; la amargura, manso, y la enfermedad, fuerte.

—Eso nunca me lo contaste —dijo Mendel.

—Lo había olvidado.

—Deberíamos haber viajado con Jonas a Kluczýsk. Quiere más a los caballos que a nosotros.

—Es joven todavía —lo consoló Deborah—. Quizás sea bueno que quiera a los caballos.

Y, como no quería dejar pasar la oportunidad de ser algo malvada, agregó:

—El amor por los caballos no lo sacó de vos.

—No —dijo Mendel, y sonrió en son de paz.

Mendel empezó a pensar en volver a su patria. Quizás pronto podrían traer a Menuchim a Estados Unidos. Encendió una vela, apagó la lámpara y dijo:

—¡Andá a dormir, Deborah! Cuando Mirjam vuelva le muestro la carta. Hoy me quedo despierto.

Sacó de la valija su viejo oracional, le era familiar en sus manos. Abrió la página donde estaban los salmos y los recitó uno atrás del otro. Lo hacía con pasión. Había experimentado la gracia y el júbilo.

Sobre él también estaba la mano de Dios, ancha, extensa y bondadosa. Protegido por ella y para honrarla, recitaba un salmo atrás del otro. La vela flameaba por la brisa silenciosa, pero ferviente, que generaba el balanceo de su cuerpo. Con los pies seguía el ritmo de los versos de los salmos. Su corazón se regocijaba y su cuerpo tenía que bailar.

XI

Por primera vez, las preocupaciones abandonaron la casa de Mendel Singer. Le habían sido tan íntimas como hermanas odiosas. Ahora Mendel tenía cincuenta y nueve años.

Hacía cincuenta y ocho años que las conocía. Las preocupaciones lo abandonaron, y la muerte se le acercaba. Su barba era blanca; sus ojos, débiles. La espalda se le encorvaba y le temblaban las manos. El sueño era ligero, y la noche, larga. Vestía la satisfacción como un traje prestado, ajeno. Su hijo se mudó al barrio de los ricos; Mendel se quedó en su calle, en su departamento, con la lámpara azul de petróleo, en el barrio de los pobres, los gatos y los ratones. Era devoto, piadoso y simple: un judío común y corriente. Muy poca gente le prestaba atención. Algunos ni siquiera lo notaban. Durante el día visitaba a algunos viejos amigos: Menkes, el frutero; Skowronnek, el del negocio de música; Rottenberg, el escriba de la Biblia; Groschel, el zapatero. Una vez a la semana lo iban a visitar sus hijos, su nieto y Mac. No tenía nada que decirles. Ellos le contaban historias del teatro, de la sociedad y de la política. Él escuchaba y se dormía. Cuando Deborah lo despertaba, abría los ojos. "¡No me dormí!", aseguraba. Mac se reía. Sam sonreía. Mirjam cuchicheaba con Deborah. Mendel se quedaba un rato despierto y volvía a dormirse. Enseguida soñaba con acontecimientos de su patria y cosas de Estados Unidos de las cuales solo había escuchado: el teatro, acróbatas y bailarinas de rojo y dorado, el presidente, la Casa Blanca, el multimillonario Vanderbilt y siempre, una y otra vez, con Menuchim. El chiquito se mezclaba entre el rojo y el dorado de las artistas, y ante el pálido resplandor de la Casa Blanca se aferraba como una pobre mancha gris. Mendel era demasiado viejo como para ver todo eso despierto. Les creía a sus hijos cuando le decían que Estados Unidos era la tierra de Dios, que Nueva York era la ciudad de los milagros, y el inglés, el idioma más lindo. Los estadounidenses eran saludables y las estadounidenses, hermosas; el deporte, importante; el tiempo, muy valioso; la pobreza, un vicio; la riqueza, un mérito; la virtud, un éxito a medias, y la fe, un éxito completo; el baile, higiénico; andar en patines, una obligación; la beneficencia, una inversión; el anarquismo, un delito; los huelguistas, enemigos de la humanidad; los amotinadores, amigos del diablo;

las máquinas modernas, una bendición del Cielo y Edison, el genio más grande. Muy pronto, las personas volarían como los pájaros, nadarían como peces, verían el futuro como profetas, vivirían en eterna paz y en perfecta armonía construirían rascacielos que llegarían hasta las nubes. El mundo va a ser hermoso, pensó Mendel, ¡qué suerte tendrá mi nieto! ¡Va a vivir todo eso! Sin embargo, entre su admiración por el futuro se colaba la nostalgia por Rusia, y lo tranquilizaba saber que estaría muerto antes de que los vivos triunfaran. No sabía por qué, pero lo tranquilizaba. Ya era demasiado viejo para lo nuevo y demasiado débil para los triunfos. Solo tenía una esperanza: ver a Menuchim. Sam o Mac viajarían para traerlo. O quizás Deborah.

Era verano. Las alimañas del departamento de Mendel Singer se multiplicaban sin parar, a pesar de que las pequeñas ruedas de latón a los pies de las camas permanecían día y noche en fuentes llenas de parafina, y Deborah pasaba una pluma embebida en aguarrás por las ranuras de los muebles. Las chinches bajaban por las paredes en hileras ordenadas, a lo largo del techo, esperaban maliciosas y sedientas de sangre a que se hiciera de noche y caían en las camas de quienes dormían. Las pulgas saltaban desde las junturas negras de las tablas hacia los vestidos, los almohadones, las mantas. Las noches eran calurosas y pesadas. De vez en cuando, a través de las ventanas abiertas, llegaba el estruendo lejano de trenes desconocidos, los truenos cortos y regulares de un mundo enorme y bullicioso, y la bruma turbia de las casas vecinas, los basureros y las alcantarillas. Los gatos hacían ruido, los perros callejeros aullaban, los bebés lloraban por la noche y por sobre la cabeza de Mendel Singer se arrastraban los pies de los desvelados, retumbaban los estornudos de los resfriados, maullaban los cansados en bostezos agónicos. Una noche, Mendel Singer encendió la vela de la botella verde al lado de la cama y se acercó a la ventana. Vio el reflejo rojizo de la noche viva de Estados Unidos y la sombra regular y plateada de un reflector que parecía buscar a Dios desesperadamente en el cielo nocturno. Vio incluso algunas estrellas, estrellas miserables, constelaciones despedazadas. Recordó las noches claras y estrelladas de su patria, el azul profundo del cielo abierto, la luna que se arqueaba plácida como una hoz, el lúgubre murmullo de los pinos del bosque, el canto de los grillos y las ranas. Se le ocurrió que sería fácil, en ese momento, salir de la casa y caminar durante la noche hasta llegar al cielo abierto y escuchar las ranas y los grillos y el lloriqueo de Menuchim. Allí, en Estados Unidos, las voces en las que la patria cantaba y hablaba se juntaban con el canto de los grillos y el croar de las ranas. En el medio, el océano, pensó Mendel. Había que subirse a un barco, luego a otro, viajar veinte días y noches. Y así estaría en su casa con Menuchim.

Sus hijos intentaban convencerlo de que abandonara el barrio de una vez por todas. Pero tenía miedo. No quería volverse engreído. Todo estaba empezando a ir bien y no había que causar la ira de Dios. ¿Cuándo le había ido mejor que ahora? ¿Para qué mudarse a otro barrio? ¿Qué lograría con eso? Los pocos años que todavía pensaba vivir podía pasarlos conviviendo con las alimañas.

Se dio vuelta. Deborah dormía. Antes había dormido en esa habitación con Mirjam. Ahora Mirjam vivía con su hermano. O con Mac, pensó Mendel, rápida y furtivamente. Deborah dormía en calma, tapada a medias, con una sonrisa ancha en su cara. ¿Qué tiene que ver ella conmigo? ¿Para qué vivimos juntos todavía? Ya no hay deseo entre nosotros, nuestros hijos son grandes y tienen lo que necesitan, ¿por qué tengo que estar con ella y comer lo que cocina? Está escrito que no es bueno que los seres humanos estén solos. Por eso vivimos juntos. Vivían juntos hacía mucho tiempo, ahora se trataba de ver quién de los dos moriría antes. Probablemente sea yo, pensó Mendel. Ella está sana y tiene pocas preocupaciones. Sigue escondiendo dinero bajo algún tablón. No sabe que eso es un pecado. ¡Que lo esconda, nomás!

La vela sobre la botella se había consumido. La noche había pasado. Ya se escuchaban los primeros ruidos de la mañana, incluso antes de que saliera el sol. Se escuchaba el chirriar de las puertas y los pasos ruidosos de la escalera. El cielo estaba gris pálido, un vaho amarillento salía de la tierra y polvo y azufre de los canales. Deborah se despertó, suspiró y dijo:

—¡Va a llover! Sale un olor apestoso de las alcantarillas, ¡cerrá la ventana!

Así empiezan los días de verano. Mendel no puede dormir en la casa por las tardes y se va a la plaza. Se pone contento al escuchar el canto de algunos mirlos, se queda sentado en un banco por un largo rato, dibuja líneas intrincadas en la arena con su paraguas. El sonido del agua que sale de una manguera y salpica el pasto le refresca la cara, cree que puede sentir el agua y se duerme. Sueña con el teatro, con acróbatas en rojo y dorado, con la Casa Blanca, con el presidente de los Estados Unidos, con el multimillonario Vanderbilt y con Menuchim.

Un día, viene Mac. Dice (Mirjam lo acompaña y hace de intérprete) que a fines de julio o en agosto va a viajar a Rusia para buscar a Menuchim.

Mendel sospecha por qué quiere viajar. Seguramente, quiera casarse con Mirjam. Hace todo lo que está a su alcance para la familia Singer. Cuando yo me muera, piensa Mendel, Mac se va a casar con Mirjam. Los dos están esperando mi muerte. Tengo tiempo todavía. Voy a esperar a Menuchim. Es junio, un mes caluroso y particularmente largo. ¿Cuándo llega julio?

A fines de julio, Mac compra un pasaje de barco. Le escriben a la familia Billes. Mendel va al negocio de Skowronnek para contarles a sus amigos que su hijo menor también va a ir a Estados Unidos. En el negocio de la familia Skowronnek hay mucha más gente reunida que otras veces. Todos tienen un diario en la mano. En Europa se desató la guerra.

Mac ya no quiere viajar a Rusia. Menuchim no va a ir a Estados Unidos. Se desató la guerra.

¿No se habían ido recién las preocupaciones para Mendel Singer? Se fueron, y se desató la guerra. Jonas estaba allí, y Menuchim, en Rusia.

Dos veces por semana, a la noche, Sam, Mirjam, Vega y Mac iban a visitar a Mendel Singer. Intentaban ocultarle al viejo la muerte certera de Jonas y el peligro que corría Menuchim. Creían que podían lograr que Mendel dejara de mirar a Europa y se enfocara en su propia existencia, feliz y segura. De alguna forma estaban entre Mendel Singer y la guerra. Y mientras parecía que él los escuchaba con atención, les daba la razón cuando decían que probablemente Jonas estaría en una cancillería, y Menuchim, a resguardo en un hospital de San Petersburgo por su enfermedad tan particular; veía a su hijo Jonas caerse del caballo y quedar colgado de alguno de esos alambre de púas que se describían con gran precisión en los reportes de guerra. Y su casa en Zuchnow se prendía fuego, Menuchim estaba en un rincón y se prendía fuego. De vez en cuando se animaba a decir alguna frase corta: "Hace un año, cuando llegó la carta, debería haber ido yo mismo a buscar a Menuchim".

Nadie sabía qué responder. Mendel ya había dicho esa frase un par de veces, y siempre se producía el mismo silencio. Con esa frase, el viejo parecía apagar la luz de la habitación, todo era oscuridad, y nadie veía nada. Y después del silencio, se levantaban y se iban.

Pero Mendel Singer cerraba la puerta, mandaba a dormir a Deborah, encendía una vela y empezaba a recitar un salmo tras otro. Los recitaba en las buenas y en las malas horas. Los recitaba cuando le agradecía al Cielo y cuando le temía. El balanceo de su cuerpo era siempre igual. Alguien que solo reparara en su voz quizás podría reconocer si Mendel, el Justo, estaba agradecido o lleno de miedos.

Aquella noche, el temor lo sacudía como el viento a un árbol débil. La preocupación se trasladó a su voz, recitó los salmos con una voz extraña. Cuando terminó, cerró el libro, se lo llevó a los labios, lo besó y apagó la vela. Pero no se había tranquilizado. Hice muy poco, muy poco, se dijo a sí mismo. A veces se asustaba al pensar que su único medio, recitar los salmos, podía ser impotente ante la gran tempestad en la que se hundían Jonas y Menuchim. Los cañones, pensaba, son ruidosos, el fuego es violento, mis hijos se queman, ¡es mi culpa, mi culpa! Y yo recitando salmos. ¡No es suficiente! ¡No es suficiente!

XII

Todos los que habían apostado durante aquellas tardes de política en lo de Skowronnek que Estados Unidos se mantendría neutral perdieron la apuesta. Era otoño. Mendel se despertó a las siete de la mañana. A las ocho, ya estaba en la calle, delante de la casa. La nieve era blanca y dura como allá, en Zuchnow. Pero acá se derretía rápido. En Estados Unidos no duraba más de una noche. Desde temprano ya la pisoteaban los pies presurosos de los repartidores de diarios. Ese día, Mendel Singer esperó a que pasara alguno. Le compró el diario y volvió a entrar a la casa. La lámpara azul de petróleo estaba encendida. Alumbraba la mañana, que era tan oscura como la noche. Abrió el diario, estaba grasiento, pegajoso y mojado, y olía como la lámpara. Leyó los reportes de la guerra dos, tres, cuatro veces. Leyó que quince mil alemanes habían caído prisioneros y que los rusos habían recuperado la ofensiva en Bucovina.

Saber eso no le alcanzaba. Se sacó los anteojos, los limpió, se los volvió a poner y leyó de nuevo los reportes. Sus ojos escudriñaban cada línea. ¿No se nombraba a Sam Singer, a Menuchim, a Jonas?

—¿Qué noticias trae el diario? —preguntó Deborah, como cada mañana.

—¡Ninguna! —respondió Mendel—. Los rusos están ganando, y los alemanes caen prisioneros.

Se hizo silencio. El agua para el té hervía, hacía casi el mismo ruido que el samovar. Pero el té tenía otro sabor, era rancio, era de Estados Unidos, aunque las bolsitas habían sido rellenadas en papel de China.

—¡No se puede ni tomar té! —dijo Mendel, y se sorprendió por estar hablando de nimiedades como esa. ¿Quería decir otra cosa, quizás? Tantas cosas importantes estaban pasando en el mundo, y Mendel se quejaba del té. Los rusos estaban ganando, y los alemanes caían prisioneros. Pero nada se sabía de Sam, nada se sabía de Menuchim.

Mendel había escrito hacía dos semanas. La Cruz Roja les había notificado que Jonas estaba desaparecido. Probablemente esté muerto, pensaba Deborah, en silencio. Mendel pensaba lo mismo. Pero hablaron mucho sobre el significado de la palabra "desaparecido" y, como descartando por completo la posibilidad de que estuviera muerto, consensuaron que "desaparecido" solo podía significar prisionero, herido en cautiverio o desertor.

Pero ¿por qué Sam no escribía? O estaba en una larga marcha o en una "redistribución de tropas", en alguna de esas redistribuciones de tropas de cuyo sentido e importancia se hablaba con precisión aquellas tardes en lo de Skowronnek.

No se puede decir, pensaba Mendel, que Sam no tendría que haber ido. La última parte de esa frase la dijo en voz alta, y Deborah la escuchó.

—No entendés, Mendel —dijo Deborah.

Todos los argumentos a favor de que Sam fuera a la guerra los había sacado de su hija Mirjam.

—Estados Unidos no es Rusia. Estados Unidos es una patria. Todo hombre decente está obligado a pelear por su patria. Mac fue, Sam no podía quedarse. Además, gracias a Dios, está en la plana mayor. Allí no puede morir. Porque, si los altos oficiales mueren, no es posible ganar. Y Sam, gracias a Dios, está junto a los altos oficiales.

—¡Le entregué un hijo al zar, debería haber sido suficiente!

—¡El zar es una cosa, y Estados Unidos es otra!

Mendel no siguió discutiendo. Ya había escuchado todo lo que podía escuchar. Se acordó del día en el que se habían ido los dos, Mac y Sam. Ambos se habían puesto a cantar una canción en inglés en el medio de la calle. A la noche, en lo de Skowronnek, habían dicho que Sam, sin haber sido convocado, era un gran soldado.

Quizás Estados Unidos sí era una patria; la guerra, una obligación; la cobardía, una vergüenza, y la muerte, algo imposible si se estaba en la plana mayor. Sin embargo, pensó Mendel, yo soy su padre, debería haber dicho algo. ¡Quedate, Sam!, debería haber dicho. Esperé muchos años para ver una pizca de suerte. Ahora Jonas está con los soldados, quién sabe qué pasó con Menuchim, vos tenés esposa, un hijo y un negocio. ¡Quedate, Sam! Quizás se habría quedado.

Mendel se paró frente a la ventana, como solía hacer, dándole la espalda a la habitación. Veía directo a la ventana de Lemmel, en el primer piso, que estaba rota y cubierta con cartones. Abajo estaba el negocio del judío Selcher con un cartel escrito en hebreo, letras blancas y sucias sobre un fondo azul pálido. El hijo de Lemmel también había ido a la guerra. Toda la familia Lemmel iba a la escuela nocturna y aprendía inglés. Salían hacia la escuela con sus cuadernos, como chicos. Quizás era lo correcto. Quizás Mendel y Deborah también deberían ir a la escuela. Estados Unidos era una patria.

Todavía seguía nevando un poco, caían copos, lentos, húmedos y malolientes. Los judíos, balanceando negros paraguas abiertos sobre sus cabezas, salían a pasear por las calles. Cada vez se sumaban más, los últimos restos blancos de nieve se derretían bajo sus pies, parecían estar cumpliendo el deber de caminar hasta que la nieve se deshiciera por completo. Mendel no podía divisar el cielo desde su ventana, pero sabía que estaba oscuro. En todas las ventanas de enfrente veía el reflejo rojo amarillento de las lámparas. El cielo estaba oscuro. Las habitaciones estaban oscuras.

Luego se empezaba a abrir aquí y allá alguna ventana, las vecinas asomaban sus bustos y colgaban sábanas rojas y blancas y acolchados de piel amarillos. De pronto, toda la calle se agitaba y se llenaba de color. Las vecinas se saludaban unas a otras. Desde el interior de las habitaciones se escuchaba el ruido de platos y el griterío de los chicos. Se podía llegar a creer que reinaba la paz, si no era por las marchas bélicas que salían del gramófono del negocio de Skowronnek. ¿Cuándo es domingo?, pensó Mendel. Antes había vivido de un sábado al otro, ahora vivía de un domingo al otro. Los domingos lo visitaban Mirjam, Vega y su nieto. Llevaban cartas de Sam o, al menos, novedades de alguna índole. Sabían todo, leían todos los diarios. Manejaban juntas el negocio. Les iba bien, eran eficientes, ahorraban dinero y esperaban el regreso de Sam.

A veces, Mirjam iba con el señor Fortuna, el director principal. Iban a bailar y a nadar. ¡Un nuevo cosaco!, pensaba Mendel. Pero no decía nada.

—Lamentablemente, no puedo ir a la guerra —decía, suspirando, el señor Fortuna—. Tengo una lesión cardíaca grave, lo único que heredé de mi difunto padre.

Mendel observaba las mejillas rosadas de Fortuna, sus ojos chiquitos y marrones, y el bigote profuso y elegante, que llevaba de acuerdo a la moda y con el que jugaba mucho. Se sentaba entre Mirjam y Vega. Una vez, cuando Mendel se levantó en medio de una conversación, creyó ver que la mano derecha del señor Fortuna estaba sobre el regazo de Vega y la mano izquierda, sobre el regazo de Mirjam. Mendel salió a la calle, caminó hacia arriba y hacia abajo, y esperó hasta que los invitados se hubieran ido.

—Te estás comportando como un judío ruso —dijo Deborah, cuando Mendel volvió.

—Soy un judío ruso —contestó él.

Un día de semana, a principios de febrero, Mendel y Deborah estaban sentados almorzando cuando Mirjam entró a la casa.

—¡Buen día, mamá! ¡Buen día, papá! —dijo, y se quedó parada.

Deborah apoyó la cuchara en la mesa y corrió el plato. Mendel miró a ambas mujeres. Sabía que algo raro había pasado. Mirjam había ido un día de semana, a la hora en la que debería estar en el negocio. El corazón de Mendel empezó a latir fuerte. Pero estaba tranquilo. Creía recordar esa escena. Ya había sucedido.

Allí está parada Mirjam, con un piloto de lluvia negro y sin decir nada. Allí está sentada Deborah, había corrido el plato hasta la mitad de la mesa, afuera está nevando, los copos son blandos y malolientes. La lámpara brilla con luz amarilla, tan grasienta como su olor. Lucha contra el día oscuro, débil y pálido, pero lo suficientemente poderoso como para cubrir toda la habitación de gris. Mendel Singer se acuerda muy bien de esa luz. Había soñado con esa escena. También sabe lo que va a pasar. Mendel ya sabe todo, como si hubiera ocurrido hace mucho tiempo y como si el dolor de los años previos se hubiera transformado en pena. Mendel está muy tranquilo.

Por unos minutos hay silencio. Mirjam no habla, como esperando que su padre o su madre le hagan una pregunta que la libere de la obligación de transmitir el mensaje. Está parada sin decir nada. Ninguno de los tres se mueve.

Mendel se levanta y dice:

—¡Ocurrió una desgracia!

Mirjam dice:

—Volvió Mac. Trajo el reloj de Sam y un último saludo.

Deborah se queda sentada en el sillón, tranquila, como si nada hubiera pasado. Sus ojos están secos y vacíos como dos vidrios oscuros. Está frente a la ventana y parece contar los copos de nieve. Todo está en silencio, solo se escucha el tictac del reloj.

De repente, Deborah empieza a agarrarse de los pelos. Se pasa los mechones por el rostro, que está pálido e inmóvil como un yeso hinchado. Empieza a arrancarse un mechón tras otro, casi al mismo ritmo con el que afuera caen los copos de nieve. Ya aparecen dos o tres islas blancas en el medio del pelo, unas manchas del tamaño de una moneda en el cuero cabelludo desnudo, y gotitas chiquitas de sangre roja. Nadie se mueve. El reloj hace tictac, la nieve cae, y Deborah se arranca los pelos.

Mirjam cae de rodillas, hunde su cabeza en el regazo de Deborah y no se mueve más. No hay ninguna expresión en la cara de Deborah. Sus manos van tirando del pelo. Parecen animales de cinco dedos, lívidos, carnosos, que se alimentan de pelos.

Mendel está parado con los brazos cruzados en el respaldo del sillón.

Deborah empieza a cantar. Canta con voz grave, masculina, suena como si hubiera un cantante invisible en la habitación. La voz extraña canta una canción judía antigua, sin letra, una elegía para chicos muertos.

Mirjam se levanta, se acomoda el sombrero, va hacia la puerta y deja entrar a Mac.

Está de uniforme y parece más alto que de civil. En ambas manos, como si llevara platos, tiene el reloj, el portafolio y el monedero de Sam.

Lentamente, Mac deja los objetos sobre la mesa, frente a Deborah. Se queda mirando un rato cómo ella se arranca los pelos, luego va hacia donde está Mendel, apoya sus grandes manos sobre los hombros y llora en silencio. Sus lágrimas corren como lluvia espesa sobre el uniforme.

Todo está en silencio, Deborah ya no canta, el reloj hace tictac, la noche cae abruptamente, la luz de la lámpara ya no es amarilla, sino blanca, y detrás de las ventanas el mundo es negro, ya no se ven copos de nieve.

De pronto, un grito estentóreo sale del pecho de Deborah. Suena como un resabio de la melodía que cantó recién, un sonido que revienta y estalla.

Deborah se cae del sillón. Queda tirada en el piso, como una masa blanda y torcida.

Mac abre la puerta de un golpe, la deja abierta, la habitación se enfría.

Vuelve acompañado de un médico, un hombre ágil, bajito y canoso.

Mirjam está parada al lado de su padre.

Mac y el médico llevan a Deborah a la cama. El médico se sienta al borde de la cama y dice:

—Está muerta.

Menuchim también está muerto, solo, entre extraños, piensa Mendel Singer.

XIII

Mendel se quedó sentado por siete días redondos en un banquito al lado del armario, mirando por la ventana de cuyo cristal estaba colgado, como un símbolo del luto, un pedazo de tela blanca. De día y de noche ardía alguna de las dos lámparas azules. Transcurrieron siete días redondos, uno tras otro, como círculos negros y lentos, sin principio ni fin, redondos como la tristeza. Los vecinos lo visitaban en tandas: Menkes, Skowronnek, Rottenberg y Groschel le llevaban huevos y panes, comidas redondas, sin principio ni fin, redondas como los siete días de luto.

Mendel no hablaba mucho con sus visitas. Apenas notaba que iban y venían. Las puertas estaban abiertas día y noche, el pasador ya no se corría, no cumplía ninguna función. Quien quería entrar entraba, quien quería salir salía. Algunos intentaban empezar una conversación. Pero Mendel Singer los evadía. Mientras los demás hablaban sobre cosas vivas, él hablaba con su mujer muerta:

"¡Tenés suerte, Deborah!", le decía. "Es una lástima que no hayas dejado a ningún hijo, yo mismo me tengo que ocupar de la oración fúnebre, pero me voy a morir pronto, y nadie nos va a llorar. Nos disipamos como dos partículas chiquitas de polvo. Como dos chispitas nos extinguimos. Yo engendré hijos, vos los pariste, la muerte se los llevó. Tu vida estuvo llena de miserias y ni un pecado. En la juventud, disfruté de tu carne. En la vejez, la desprecié. Quizás esos fueron nuestros pecados. Porque no llevábamos adentro la calidez del amor, sino el hielo de la rutina, todo lo que estaba a nuestro alrededor se moría, se atrofiaba, se pudría. Tenés suerte, Deborah. El Señor te tuvo compasión. Estás muerta y enterrada. Él no tiene ninguna compasión conmigo. Yo soy un muerto y estoy vivo. Él es el Señor, Él sabe lo que hace. Si podés, orá por mí para que me borre del libro de los vivos. Mirá, Deborah, los vecinos vienen a verme para consolarme. Pero, aunque son muchos y se devanan los sesos, no encuentran consuelo para el estado en el que me encuentro. Mi corazón late todavía, mis ojos ven todavía, mis extremidades se siguen moviendo, mis pies siguen andando. Como, tomo, oro y respiro. Pero mi sangre está atascada, mis manos están fláccidas, mi corazón está vacío. Ya no soy más Mendel Singer, soy lo que queda de Mendel Singer. Estados Unidos nos mató. Estados Unidos es una patria, pero una patria mortal. Lo que para nosotros era el día acá es la noche. Lo que para nosotros era la vida acá es la muerte. Nuestro hijo, que en nuestra casa se llamaba Schemarjah, acá se llamó Sam. Fuiste enterrada en Estados Unidos, Deborah, y yo, Mendel Singer también voy a ser enterrado en Estados Unidos".

A la mañana del octavo día, cuando Mendel levantó el luto, llegó su nuera Vega acompañada del señor Fortuna.

—Señor Singer —dijo el señor Fortuna—, abajo nos espera el coche. Tiene que venir de inmediato con nosotros, algo le pasó a Mirjam.

—Bien —respondió Mendel, indiferente, como si le hubieran dicho que tenían que empapelar la habitación—. Bien, denme mi abrigo.

Mendel deslizó sus débiles brazos en el abrigo y bajó por las escaleras. El señor Fortuna lo empujó hacia adentro del coche. Viajaron sin decir una palabra. Mendel no preguntó qué le había pasado a Mirjam. Quizás también esté muerta, pensó con calma. Mac la mató porque estaba celoso.

Entró por primera vez en el departamento de su hijo muerto. Lo llevaron a una habitación. Allí estaba Mirjam, acostada en una cama ancha y blanca. Tenía el pelo suelto, esparcido en su negrura azul y brillante, sobre almohadones blancos. Su cara estaba roja y ardiente, y sus ojos negros tenían unos bordes anchos, redondos y rojos; círculos de fuego rodeaban los ojos de Mirjam. Al lado estaba sentada una enfermera; Mac estaba parado en un rincón, alto e inmóvil, como un mueble.

—Ese es Mendel Singer —exclamó Mirjam.

Extendió una mano hacia su padre y empezó a reír. Se rio por unos minutos. Su risa sonaba como las señales nítidas y constantes de las estaciones de tren, y como si miles de martillos de latón estuvieran golpeando miles de delgados vasos de vidrio. De repente, la risa paró. Por un segundo hubo silencio. Luego, Mirjam empezó a sollozar. Se sacó la manta, sus piernas desnudas se agitaban, sus pies golpeaban rápido y con regularidad la cama blanda, cada vez más rápido, cada vez con mayor regularidad, mientras sus puños cerrados daban golpes en el aire con igual ritmo. La enfermera sujetaba a Mirjam con violencia.

Se calmó.

—¡Buen día, Mendel Singer! —dijo Mirjam—. Vos sos mi papá, así que te voy a contar algo. Yo amo a Mac, a ese que está ahí, pero lo engañé. Me acosté con el señor Fortuna, ¡sí, con el señor Fortuna! El señor Fortuna es mi fortuna, Mac es mi Mac. Vos, Mendel Singer, también me gustás, y si querés...

En ese momento, la enfermera le puso la mano sobre la boca y logró callarla. Mendel Singer seguía parado al lado de la puerta. Mac seguía en el rincón. Ambos se miraban. Como no podían hacerse entender con palabras, se hablaban con los ojos.

"Está loca", le decían los ojos de Mendel Singer a los de Mac, "no puede vivir sin hombres, está loca".

Vega entró y dijo:

—Llamamos al médico. En cualquier momento llega. Desde ayer que Mirjam está hablando sin sentido. Se había ido a pasear con Mac y cuando volvió empezó a portarse así de extraño. En cualquier momento llega el médico.

El médico llegó. Era alemán y podía hablar con Mendel.

—La vamos a internar —dijo el médico—. Lamentablemente, tenemos que internar a su hija en un psiquiátrico. Espere un momento, la voy a anestesiar.

Mac estaba todavía en la habitación.

—¿La podría sostener? —preguntó el médico.

Mac la sostuvo con sus grandes manos. El médico le puso una inyección en el muslo.

—¡Se va a calmar pronto! —dijo.

Llegó la ambulancia, y entraron a la habitación dos asistentes llevando una camilla. Mirjam dormía. La ataron a la camilla. Mendel, Mac y Vega fueron en el coche detrás de la ambulancia.

"Vos no tuviste que vivir esto", le decía Mendel a su mujer Deborah mientras viajaban. "Yo lo estoy viviendo, pero lo sabía. Lo sé desde aquella noche en el campo, cuando vi a Mirjam con el cosaco. Tiene el diablo adentro. Orá por nosotros, Deborah, para que la deje en paz".

Mendel estaba ahora en la sala de espera del psiquiátrico, rodeado por otra gente, por unas mesas chiquitas con jarrones con flores amarillas y veraniegas, y por unas estanterías angostas llenas de revistas ilustradas y coloridas. Pero nadie olía las flores ni hojeaba las revistas. En un principio, Mendel pensó que todos, incluso él, estaban locos. Luego, a través del vidrio de la puerta ancha que separaba la sala de espera del pasillo blanco, vio pasar a personas de a pares en trajes con rayas azules. Primero mujeres, después hombres, y a veces uno de los enfermos le mostraba a la sala de espera su cara salvaje, reprimida, desgarrada y malvada a través del vidrio de la puerta. Todos en la sala se estremecían, solo Mendel estaba tranquilo. Le parecía extraño que ninguno de ellos, ni siquiera él, tuviera puesto el traje con rayas azules.

Estaba sentado en una butaca ancha de cuero, se había puesto el gorro de gorgorán sobre la rodilla, y su paraguas, fiel compañero, estaba apoyado en el asiento. Mendel miraba alternadamente a las personas, a la puerta de vidrio, a las revistas, a los locos, que seguían pasando (los estaban llevando a darse un baño) y a las flores doradas en los jarrones. Eran prímulas amarillas, Mendel recordaba que en Rusia las solía ver florecer en el prado verde. Las flores venían de su patria. Las recordaba muy bien. ¡Allá habían tenido esos prados y esas flores! Allá había vivido la paz, la juventud y la pobreza, vieja amiga. En verano, el cielo había sido todo azul; el sol, todo caliente; el trigo, todo amarillo; las moscas habían sido verdes y habían zumbado cálidas canciones, y arriba, bajo el cielo azul, las calandrias habían trinado sin cesar. Mientras miraba las prímulas, Mendel Singer olvidó que Deborah se había muerto, que Sam había caído en la guerra, que Mirjam se había vuelto loca y que Jonas estaba desaparecido. Le pareció que había perdido a su patria en ese preciso momento y, en ella, a Menuchim, al más íntimo, más lejano y más próximo de todos los muertos. ¡Si nos hubiéramos quedado, nada de esto habría pasado! ¡Jonas había tenido razón, Jonas, el más tonto de todos mis hijos! ¡Él había amado los caballos, el aguardiente, las chicas, y ahora estaba desaparecido! Jonas, no te voy a volver a ver más, no te voy a poder decir que tenías razón en convertirte en un cosaco. "¿Qué los lleva a dar vueltas por el mundo?", había dicho Sameschkin. "¡El diablo los manda!". Era un campesino Sameschkin, un campesino inteligente. Mendel no había querido viajar. Deborah, Mirjam, Schemarjah, ellos habían querido viajar, viajar por el mundo.

Nos tendríamos que haber quedado, amar a los caballos, tomar aguardiente, dormir en el prado, dejar a Mirjam salir con cosacos y amar a Menuchim.

¿Me volví loco por pensar así?, pensó Mendel. ¿Un judío viejo piensa en estas cosas? Dios confundió mis pensamientos, el diablo está pensando por mí, así como habló por mi hija Mirjam.

Apareció el médico, llevó a Mendel a un rincón y le dijo bajito:

—Tiene que entender que su hija está muy enferma. Ahora hay muchos casos así, la guerra, comprenderá, y las desgracias que hay en el mundo. Son tiempos difíciles. La medicina no sabe todavía cómo curar esta enfermedad. Uno de sus hijos es epiléptico, según escuché, discúlpeme, pero hay algo en la familia. Nosotros, los médicos, la llamamos psicosis degenerativa. Puede pasar. Puede manifestarse también como una enfermedad que los médicos llamamos demencia, demencia precoz, pero incluso los nombres no son muy precisos. Es uno de los pocos casos que no podemos curar. ¿Usted es un hombre devoto, señor Singer? Dios puede ayudarle. Ore mucho a Dios. A propósito, ¿quiere ver a su hija? ¡Venga conmigo!

Sonó un manojo de llaves, se cerró una puerta con un gran estruendo y Mendel atravesó un pasillo largo, pasando por puertas blancas con números negros, como ataúdes puesto en vertical. El manojo de llaves de la enfermera sonó una vez más y se abrió uno de los ataúdes. Adentro dormía Mirjam; Mac y Vega estaban parados a su lado.

—Nos tenemos que ir —dijo el médico.

—Llévenme directo a mi casa —ordenó Mendel.

Su voz sonó tan dura que todos se asustaron. Lo miraron. No parecía haber cambiado de aspecto y, sin embargo, era otro Mendel. Estaba vestido igual que en Zuchnow y que todo el tiempo en Estados Unidos. Botas altas, un caftán semilargo, el gorro de gorgorán. ¿Qué era, entonces, lo que había cambiado? ¿Por qué a todos les parecía más alto e imponente? ¿Por qué su rostro emanaba un brillo tan blanco y terrible? Casi parecía superar la altura de Mac. Su Majestad, el dolor, pensó el médico, tiene en sus garras al viejo judío.

—Una vez —empezó a decir Mendel en el coche— Sam me dijo que la medicina en Estados Unidos era la mejor del mundo. Y ahora no puede ayudarnos. ¡Solo Dios puede ayudarnos!, dice el médico. Decime, Vega, ¿viste alguna vez que Dios haya hecho algo por un Mendel Singer? ¡Dios puede ayudarnos!

—Ahora vas a vivir con nosotros —dijo Vega, sollozando.

—No voy a vivir con ustedes, mi querida —respondió Mendel—, vas a encontrar un esposo, deberías estar con un hombre, tu hijo no puede estar sin un padre. Yo soy un judío viejo, Vega, me voy a morir pronto. ¡Escuchame bien, Vega! Mac era amigo de Schemarjah, amó a Mirjam, ya sé que no es judío, pero deberías casarte con él, ¡no con el señor Fortuna! ¿Me escuchás, Vega? ¿Te sorprende que hable así, Vega? No estés sorprendida, no estoy loco. Me volví viejo, vi varios mundos consumirse y, finalmente, me volví inteligente. Todos estos años fui un maestro necio. Ahora sé lo que digo.

Llegaron a la casa, bajaron a Mendel y lo llevaron a la habitación. Mac y Vega se quedaron allí un rato sin saber qué hacer.

Mendel se sentó en el banquito al lado del armario y le dijo a Vega:

—No te olvides de lo que te dije. Ahora váyanse, mis queridos.

Se fueron. Mendel se acercó a la ventana y vio que subían al coche. Le pareció que tenía que bendecirlos como a los chicos que emprenden un camino muy difícil o muy feliz. No los voy a ver más, pensó después, no los voy a bendecir. Mi bendición puede ser una maldición para ellos; el encuentro conmigo, una desventaja. Se sintió liviano, más liviano que nunca en su vida. Había roto todas sus relaciones. Pensó que hacía años que se sentía solo. Se había empezado a sentir solo desde que él y su mujer ya no se deseaban el uno al otro. Estaba solo, solo. Estaba rodeado por su mujer y sus hijos, y le habían impedido cargar con su dolor. Habían cubierto sus heridas como apósitos inútiles que no curan. Ahora, por fin, disfrutaba triunfante su dolor. Solo le quedaba romper una relación. Puso manos a la obra.

Fue hacia la cocina, juntó unos papeles de diario y astillas resinosas y encendió un fuego. Cuando el fuego alcanzó una altura y extensión considerable, Mendel fue hacia el armario dando pasos firmes y sacó la bolsita de terciopelo rojo que contenía sus filacterias, su taled y sus oracionales. Se imaginó cómo arderían esos objetos: las llamas agarrarían la tela amarilla del taled de lana y lo destruirían con sus lenguas filosas, azuladas y hambrientas. El borde brillante de los hilos de plata se carbonizaría lentamente, en pequeñas espirales al rojo vivo. El fuego enrollaría de a poco las hojas de los libros, las transformaría en cenizas gris plata, y las letras negras se teñirían de rojo sangre por unos instantes. Los bordes de cuero de las tapas enrolladas se levantarían como orejas extrañas que escucharían lo que Mendel les gritaría. Sería una canción espantosa.

—¡Se terminó todo para Mendel Singer! —grita, marcando el compás con sus botas de tal manera que los tablones retumban y las ollas que cuelgan de las paredes empiezan a chocarse entre sí—. No tiene hijos, no tiene hija, no tiene mujer, no tiene patria, no tiene dinero. Dios dice: he castigado a Mendel Singer. ¿Para qué castiga Dios? ¿Por qué no castiga al carnicero Lemmel? ¿Por qué no castiga a Skowronnek? ¿Por qué no castiga a Menkes? ¡Solo castiga a Mendel! Mendel tiene la muerte, Mendel tiene la locura, Mendel tiene el hambre, Mendel recibe todos los dones de Dios. ¡Se terminó todo para Mendel Singer!

Estaba parado delante del fuego y bramaba y golpeaba con los pies. Tenía en sus brazos la bolsita de terciopelo rojo, pero no la tiró al fuego. La levantó un par de veces, pero sus brazos volvían a bajarla. Su corazón estaba furioso con Dios, pero sus músculos todavía le temían. Todos los días, durante cincuenta años, sus manos habían desplegado el taled y vuelto a doblar, habían desenrollado las filacterias, habían colocado una sobre la cabeza y las otras en el brazo izquierdo, habían abierto el oracional, habían pasado hoja por hoja y vuelto a cerrar. Ahora, sus manos se resistían a obedecer la ira de Mendel. Solo su boca, que había orado tanto, no se resistía. Solo sus pies, que habían saltado honrando a Dios durante el Aleluya, marcaban el compás del canto iracundo de Mendel. Como los vecinos de Mendel escuchaban el alboroto y los gritos, y veían salir el humo gris y azul por las ranuras y hendijas de la puerta en la escalera, fueron a golpearle la puerta y a gritarle para que les abriera. Pero él no escuchaba. Sus ojos estaban nublados por el fuego y en sus oídos retumbaba el júbilo inmenso y doloroso. Los vecinos estaban por llamar a la policía hasta que uno dijo:

—¡Vayamos a buscar a sus amigos! Están en lo de Skowronnek. Quizás logren que el pobre vuelva a entrar en razón.

Cuando sus amigos llegaron, Mendel se calmó de verdad. Corrió el pasador de la puerta y los dejó entrar a su habitación, uno tras otro, como solían hacer: Menkes, Skowronnek, Rottenberg y Groschel. Instaron a Mendel a que se sentara en la cama, se sentaron ellos también, rodeándolo, y Menkes dijo:

—¿Qué te pasa, Mendel? ¿Por qué encendés un fuego? ¿Por qué querés quemar la casa?

—Quiero quemar algo más que una casa y que una persona. Se van a asombrar cuando les diga lo que en realidad tenía en mente quemar. Se van a asombrar y van a pensar: Mendel se volvió loco como su hija. Pero les aseguro que no estoy loco. Estuve loco. Por más de sesenta años estuve loco y ahora ya no lo estoy.

—Bueno, ¡contanos qué querías quemar!

—Quiero quemar a Dios.

Los cuatro lanzaron un grito al mismo tiempo. No eran todos devotos y creyentes como lo había sido Mendel. Los cuatro vivían hacía mucho en Estados Unidos, trabajaban durante el *sabbat*, pensaban en el dinero y su vieja fe estaba cubierta por el polvo espeso y gris del mundo. Habían olvidado muchas tradiciones, habían infringido muchas leyes, habían pecado con la mente y con el cuerpo. Pero Dios todavía vivía en sus corazones. Y cuando Mendel blasfemó contra Dios, fue para ellos como si hubiera agarrado sus corazones desnudos con dedos filosos.

—No blasfemes, Mendel —dijo Skowronnek, luego de un largo silencio—. Vos sabés mejor que yo, porque estudiaste mucho más, que los golpes de Dios tienen un significado oculto. No sabemos por qué nos castiga.

—Pero yo sí lo sé, Skowronnek —respondió Mendel—. Dios es cruel y, cuanto más se lo obedece, más duro es con nosotros. Es más poderoso que los poderosos, con la uña de su dedo meñique podría matarlos, pero no lo hace. Solo le gusta destruir a los débiles. Las debilidades de un ser humano exacerban sus fortalezas, la obediencia despierta su ira. Es un oficial de policía, un *isprawnik*, inmenso y cruel. Si obedecés las leyes, dice que las obedecés solo para tu beneficio. Y, si desobedecés una sola, te persigue con miles de castigos. Si lo querés sobornar, te procesa. Y, si lo tratás con honestidad, espera que lo sobornes. ¡No hay otro oficial tan malo en toda Rusia!

—Acordate, Mendel —empezó a decir Rottenberg—, acordate de Job. A él le pasó algo parecido. Estaba postrado en la tierra desnuda, con cenizas sobre su cabeza, sus heridas le dolían tanto que se revolcaba por el suelo como un animal. Él también blasfemó contra Dios. Y solo había sido sometido a una prueba. No sabemos, Mendel, lo que pasa allá arriba. Quizás el Mal se presentó ante Dios y le dijo, como en aquel momento: "Hay que tentar al hombre justo". Y quizás el Señor le dijo: "Inténtalo con Mendel, mi siervo".

—Y ahí se ve —dijo Groschel— que tu reproche es injusto. Porque Job no era débil cuando Dios lo puso a prueba, era poderoso. ¡Y vos tampoco fuiste débil, Mendel! Tu hijo tuvo un negocio, un emporio, se hacía más rico año tras año. Tu hijo Menuchim estuvo casi curado del todo y estuvo a punto de venir a Estados Unidos. ¡Vos tuviste salud, tu mujer tuvo salud, tu hija era hermosa, y casi le encontrás un marido para ella!

—¿Por qué destrozás mi corazón, Groschel? —contestó Mendel—. ¿Por qué me enumerás todo lo que fue y ya no es? Estás hurgando en mis heridas abiertas.

—Tiene razón —dijeron los otros tres, como de una misma boca.

Y Rottenberg empezó a decir:

—Tu corazón está destrozado, Mendel, lo sé. Pero, como podemos hablar de todo con vos y porque sabés que cargamos con tu dolor como si fuéramos tus hermanos, ¿te vas a enojar con nosotros si te pido que pienses en Menuchim? ¿Quizás, querido Mendel, intentaste destruir los planes de Dios porque abandonaste a Menuchim? Recibiste un hijo enfermo, y ustedes actuaron como si fuera un hijo malvado.

Se hizo silencio. Por un rato largo, Mendel no contestó nada. Cuando volvió a hablar, fue como si no hubiera escuchado las palabras de Rottenberg, porque se dirigió directamente a Groschel y dijo:

—¿Y a qué viene el ejemplo de Job? ¿Vieron alguna vez milagros reales con sus propios ojos, esos milagros como los que se cuentan al final del libro de Job? ¿Mi hijo Schemarjah se va a levantar de la fosa común en Francia? ¿Mi hijo Jonas va a aparecer vivo? ¿Mi hija Mirjam se va a curar de pronto y va a dejar el psiquiátrico para volver a casa? Y, cuando vuelva, ¿va a encontrar esposo y va a poder seguir viviendo tranquila como si nunca se hubiera vuelto loca? ¿Mi esposa Deborah se va a levantar de su tumba, que todavía está húmeda? ¿Mi hijo Menuchim va a venir desde Rusia, en medio de la guerra, si es que todavía vive? Porque no, no es correcto decir —Mendel se dio vuelta para hablarle a Rottenberg—, que yo abandoné a Menuchim malintencionadamente y para castigarlo. Nos tuvimos que ir, entre otros motivos, porque mi hija había empezado a salir con cosacos. ¡Con cosacos! ¿Y por qué Menuchim estaba enfermo? Su enfermedad ya era un signo del enojo de Dios conmigo y el primero de todos los golpes que no me merecía.

—Aunque Dios todo lo puede —empezó a decir Menkes, el más parsimonioso de todos—, también hay que aceptar que ya no hace grandes milagros porque el mundo ya no lo merece. Incluso si Dios quiere hacer una excepción con vos, los pecados de los demás se interpondrían. Porque los demás no son dignos de ver un milagro en un hombre justo, y por eso Lot emigró y Sodoma y Gomorra fueron destruidas y no vieron el milagro que le ocurrió a Lot. Hoy el mundo está habitado por completo, e incluso cuando emigrás los diarios informan sobre lo que te pasa. Por eso, hoy Dios tiene que hacer milagros moderados. Pero son lo suficientemente grandes, ¡alabado sea su nombre! Tu mujer Deborah no puede volver a vivir, tu hijo Schemarjah no puede volver a vivir. Pero Menuchim probablemente esté vivo, y vas a poder verlo cuando termine la guerra. Tu hijo Jonas quizás esté en cautiverio, y cuando termine la guerra lo vas a poder ver. Tu hija puede sanar, ya no va a estar perturbada, puede ser incluso más hermosa que antes, y va a conseguir esposo y te va a dar un nieto. Y ya tenés un nieto, el hijo de Schemarjah. ¡Concentrá en él todo el amor que hasta ahora les tenías a todos tus hijos! Te va a reconfortar.

—Entre mi nieto y yo —contestó Mendel— el lazo se cortó, porque Schemarjah, mi hijo y el padre de mi nieto, está muerto. Mi nuera Vega se va a casar con otro hombre, mi nieto va a tener otro padre cuyo padre no soy yo. La casa de mi hijo no es mi casa. No tengo nada que hacer ahí. Mi presencia trae desgracias, y mi amor atrae la maldición como un árbol solitario en el campo llano atrae el rayo. En lo que a Mirjam respecta, el médico me dijo que la medicina no puede curar su enfermedad. Jonas probablemente esté muerto, y Menuchim, aunque haya mejorado, estaba enfermo. En medio de Rusia, en una guerra tan peligrosa, seguramente esté muerto. ¡No, amigos míos! Estoy solo y quiero estar solo. Todos estos años amé a Dios, y él me odió. Todos estos años le temí, ahora no me puede hacer nada. Ya me alcanzaron todas las flechas de su carcaza. Solo le queda matarme. Pero él es demasiado cruel como para hacer eso. Voy a vivir, voy a vivir, voy a vivir.

—Pero su poder —dijo Groschel— está en este mundo y en el otro también. ¡Ay de vos, Mendel, cuando estés muerto!

Mendel se rio con todo su ser y dijo:

—No le tengo miedo al infierno. Mi piel ya está incendiada, mis extremidades ya están paralizadas y los malos espíritus son mis amigos. Ya sufrí todos los tormentos del infierno. El diablo es más bondadoso que Dios. Porque, como no es tan poderoso, no puede ser tan cruel. ¡No tengo miedo, amigos!

Los amigos se callaron. Pero no querían dejar solo a Mendel, entonces se quedaron sentados, en silencio. Groschel, el más joven, bajó para avisarles a sus mujeres que ese día no volverían a sus casas. Fue a buscar a cinco judíos más para llegar a diez y así poder realizar la oración nocturna. Empezaron a orar. Pero Mendel Singer no participó. Se quedó sentado en la cama y no se movió. Tampoco recitó la oración fúnebre; Menkes la recitó por él. Los cinco hombres extraños abandonaron la casa. Pero los cuatro amigos se quedaron toda la noche. Una de las lámparas azules todavía seguía ardiendo con los restos del pabilo y las últimas gotas de aceite en la base. Todo estaba en calma. De vez en cuando, alguno de los que dormía en un asiento roncaba, se despertaba por su propio ruido y se volvía a dormir.

Mendel era el único que no dormía. Tenía los ojos abiertos de par en par, miraba la ventana. Detrás, la negrura densa de la noche empezaba por fin a extinguirse, se volvía gris y luego blanca. El reloj de la casa dio las seis. Los amigos se fueron despertando, uno tras otro. Y, sin haberlo acordado antes, tomaron a Mendel de los brazos y lo llevaron abajo, a la habitación trasera de Skowronnek, y lo pusieron en un sofá.

Allí se durmió.

XIV

Desde aquella mañana, Mendel se quedó en la casa de los Skowronnek. Sus amigos vendieron sus pocas pertenencias, solo le dejaron la manta de cama y la bolsita de terciopelo rojo con los elementos religiosos que Mendel había estado a punto de quemar. No volvió a acercarse a la bolsita, que ahora era gris, estaba cubierta de polvo y permanecía colgada de un clavo en la habitación trasera. Mendel Singer no volvió a orar nunca más. Cuando a sus amigos les faltaba el décimo hombre para completar el número de orantes requerido, le pedían que se sumara. Y entonces cobraba por participar. Si alguno necesitaba sus filacterias, se las prestaba a cambio de una módica remuneración. Decían que iba seguido al barrio italiano para comer carne de cerdo y hacer enojar a Dios. Sus amigos y conocidos tomaron partido por él en la batalla contra Dios. Si bien eran creyentes, le daban la razón a Mendel. Jehová había sido muy duro con él.

El mundo todavía estaba en guerra. Todos los parientes de las familias del barrio que habían ido al frente estaban vivos, excepto Sam, el hijo de Mendel. El joven Lemmel se había convertido en oficial y afortunadamente había perdido la mano izquierda. Le dieron vacaciones y fue el héroe del barrio. A todos los judíos les otorgó el derecho a considerarse estadounidenses. Se había quedado solamente en la base militar para encauzar a las nuevas tropas. Aunque la diferencia entre el joven Lemmel y el viejo Singer era abismal, los judíos del barrio pusieron a ambos en un lugar similar. Creían que Mendel y Lemmel se habían repartido entre ellos las desgracias que estaban destinadas a todos. ¡Mendel había perdido más que una mano! Si Lemmel peleaba contra los alemanes, Mendel peleaba contra fuerzas sobrenaturales. Y, aunque estaban convencidos de que el viejo ya no iba a ser capaz de recobrar todo su entendimiento, no podían menos que unir asombro con compasión y devoción por la santidad de la locura. Mendel Singer era, sin duda, un elegido. Como testigo compasivo de la violencia atroz del Jehová, vivía entre los demás, que no tenían sobresaltos en sus días laboriosos. Mendel había vivido por mucho tiempo así, sin que casi nadie lo notara, pasando desapercibido para muchos. Hasta que un día se volvió relevante de una manera escandalosa. Ya no había nadie que no lo conociera. Pasaba la mayor parte del día en su calle. Era como si su maldición no consistiera solamente en sufrir una calamidad con el ejemplo, sino también en llevar la marca del sufrimiento como un estandarte. Y como un guardián de su propio dolor iba calle arriba y calle abajo, todos lo saludaban, algunos le daban monedas, muchos le hablaban.

No agradecía las limosnas, casi no devolvía los saludos y respondía preguntas con sí o no.

Se levantaba a la mañana temprano. La luz no entraba en la habitación trasera de Skowronnek, no había ventanas. Sentía llegar la mañana gracias a los negocios: antes de alcanzar a Mendel, el día ya había recorrido un largo camino. Al escuchar los primeros sonidos de la calle, Mendel empezaba el día. Preparaba el té y lo acompañaba con pan y un huevo duro. Echaba una mirada tímida y, a la vez, malvada hacia la bolsita con los elementos sagrados que colgaba de la pared; bajo la sombra azul oscura parecía una extensión de esta. ¡No voy a orar!, se decía a sí mismo. Pero le dolía no orar. Le dolía su ira y la impotencia de su ira. Aunque estaba enojado con Dios, Dios gobernaba el mundo. Ni el odio ni la piedad podían alcanzarlo.

Con estas y otras reflexiones, Mendel empezaba el día. Recordaba que antes su despertar era más fácil, gracias a la expectativa alegre de la oración y las ganas de renovar su proximidad consciente con Dios. Salía de la confortable calidez del sueño para entrar en el esplendor de la oración, más íntima y familiar, como si entrara en un salón majestuoso pero cálido, en el que vivía el Padre poderoso y bondadoso. "¡Buen día, Padre!", decía, y creía escuchar una respuesta. Pero todo había sido un engaño. El salón era majestuoso y frío, el Padre era poderoso y malvado. De sus labios solo salían truenos.

Mendel Singer abría el negocio, colocaba los cuadernos de música, las letras de canciones y los discos en la vitrina angosta, y con una vara larga abría la persiana de hierro. Luego se llenaba la boca de agua y rociaba el piso, y con una escoba barría la mugre del día anterior. Con ayuda de una pala llevaba los papeles al horno, encendía un fuego y los quemaba. Luego, salía a comprar un par de diarios y se los alcanzaba a algunos vecinos. Saludaba al lechero y al panadero, y volvía al negocio. Enseguida llegaban los Skowronnek y lo mandaban a hacer distintas tareas. Se la pasaban todo el día diciéndole: "¡Mendel, andá a comprar un arenque!", "¡Mendel, las pasas de uva no están maceradas!", "¡Mendel, dejaste la ropa colgada!", "¡Mendel, la escalera está rota!", "¡al farol le falta un cristal!", "¿dónde está el sacacorchos?". Y Mendel iba y compraba el arenque y maceraba las pasas de uva y descolgaba la ropa y enderezaba la escalera y llevaba el farol al vidriero y buscaba el sacacorchos. A veces, los vecinos le pedían que les cuidara a sus hijos cuando se estrenaba alguna película o llegaba una compañía de teatro nueva. Y Mendel cuidaba a hijos ajenos y, así como en Rusia hamacaba a Menuchim en el canasto con un dedo, suave y cariñosamente, ahora hamacaba las cunas de bebés ajenos, cuyos nombres desconocía, con la punta del dedo del pie, suave y cariñosamente. Les cantaba una canción antigua, muy antigua: "Repetí, Menuchim: 'En el principio creó Dios los cielos y la tierra', ¡repetí lo que digo, Menuchim!".

Era el mes de elul, y ya empezaban las festividades importantes. A los judíos del barrio no les gustaba mucho ir a la sinagoga y querían armar una provisoria en la habitación trasera de Skowronnek.

—¡Mendel, vamos a orar en tu habitación! —dijo Skowronnek—. ¿Qué te parece?

—¡Que se haga nomás! —respondió Mendel.

Y vio cómo los judíos se reunían y encendían las grandes velas amarillas. Él mismo ayudó a los comerciantes a bajar las persianas y a cerrar las puertas. Vio cómo se ponían las túnicas blancas y pensó que parecían cadáveres que se levantaban, una vez más, para adorar a Dios. Se sacaron los zapatos y se quedaron en medias. Se arrodillaban y se levantaban, las grandes velas de cera doradas y las blancas como pétalos hechas de estearina se doblaban, y sobre los mantos de oración derramaban lágrimas calientes, que se encostraban enseguida. Los judíos vestidos de blanco se doblaban como las velas y también derramaban lágrimas que caían al piso y se secaban. Mendel Singer estaba de pie, vestido de negro como siempre y en silencio, atrás de todo, cerca de la puerta, inmóvil. El canto del Kol Nidré se elevaba como un viento caliente. Pero los labios de Mendel estaban sellados y su corazón era una piedra. Nadie le prestaba atención. Los judíos se esforzaban por no mirarlo. Era un extraño entre ellos. Alguno que otro pensaba y oraba por él. Pero Mendel Singer estaba parado en la puerta, incólume y enojado con Dios. Todos oran porque tienen miedo, pensó. Pero yo no tengo miedo. ¡Yo no tengo miedo!

Después de que todos se fueron, Mendel Singer se acostó en el sofá duro, que todavía conservaba el calor de los orantes. En la habitación seguían encendidas cuarenta velas. No se animó a apagarlas y no pudo dormir. Y así estuvo despierto toda la noche. Se inventó sacrilegios sin igual. Se imaginó que salía, iba al barrio italiano, compraba carne de cerdo en un restaurante y volvía para comerla en compañía de las velas que ardían en silencio. Desató su pañuelo con monedas y las contó, pero no salió de la habitación ni comió nada. Se quedó sentado en el sofá, vestido como estaba, con los ojos bien abiertos, y murmuró:

—¡Se terminó todo para Mendel Singer! ¡No tiene hijos, no tiene hija, no tiene mujer, no tiene dinero, no tiene casa, no tiene Dios! ¡Se terminó todo para Mendel Singer!

Las llamas doradas y azules de las velas temblaron ligeramente. Las lágrimas calientes de cera caían golpeando las bases de los candelabros, la arena amarilla de los morteros de latón, el cristal verde oscuro de las botellas. El aliento caliente de los orantes seguía en la habitación. Sobre las sillas que habían puesto provisoriamente, estaban apoyadas las túnicas blancas esperando que llegara la mañana para continuar con la oración. Olía a cera y a mechas carbonizadas. Mendel dejó la habitación, abrió el negocio, salió al aire libre. Era una noche clara y otoñal. No había nadie en la calle. Mendel caminó arriba y abajo frente al negocio. El sonido de pasos anchos y lentos del policía de turno obligó a Mendel a volver al negocio. Todavía seguía evitando a los uniformados.

Los días festivos ya habían pasado, y el otoño y la lluvia se hicieron presentes. Mendel compraba arenques, barría los pisos, descolgaba la ropa, enderezaba la escalera, buscaba el sacacorchos, maceraba las pasas de uva, iba calle arriba y calle abajo. No agradecía las limosnas, casi no devolvía los saludos y respondía preguntas con sí o no. A la tarde, cuando la gente se juntaba a charlar de política o a leer en voz alta las notas de los diarios, Mendel se tiraba en el sofá a dormir. Las charlas no lo despertaban. La guerra ya no lo afectaba. Los discos nuevos le daban sueño. Recién se espabilaba cuando todo estaba en silencio y ya no quedaba nadie. Entonces hablaba un rato con el viejo Skowronnek.

—Se casa tu nuera —le dijo Skowronnek una vez.

—¡Está muy bien!

—¡Pero se casa con Mac!

—Yo se lo recomendé.

—¡Al negocio le va bien!

—No es mi negocio.

—Mac nos dijo que te quiere dar dinero.

—¡No quiero dinero!

—¡Buenas noches, Mendel!

—¡Buenas noches, Skowronnek!

Los diarios que Mendel compraba cada mañana estaban plagados de noticias espantosas. Escuchaba su eco lejano en contra de su voluntad, no quería enterarse de nada. El zar ya no gobernaba en Rusia. Bueno, que no gobierne más. Los diarios no decían nada de Jonas o de Menuchim. En lo de Skowronnek apostaron que la guerra terminaría en un mes. Bueno, que termine. Schemarjah no volvió. La dirección del psiquiátrico escribió que Mirjam no había mejorado. Vega le reenvió la carta y Skowronnek se la leyó.

—Bueno —dijo Mendel—, Mirjam no se va a curar nunca más.

Su viejo caftán negro tenía un brillo verdoso en los hombros y se veían las costuras a lo largo de la espalda, como si fuera un dibujo diminuto de la columna vertebral. Mendel se iba achicando. Los faldones del caftán le quedaban cada vez más largos y cuando caminaba ya no rozaban las cañas de las botas, casi que le llegaban a los tobillos. La barba, que antes le cubría el pecho, llegaba ahora al último botón del caftán. La visera del gorro de gorgorán negro, ahora verdoso, se había vuelto blanda y elástica, y colgaba floja sobre los ojos de Mendel Singer, como un trapo. Mendel llevaba muchas cosas en los bolsillos: paquetitos que la gente le mandaba, diarios, diversas herramientas con las que arreglaba objetos rotos en la casa de los Skowronnek, ovillos de hilos de colores, papel de regalo y pan. El peso de todas esas cosas arqueaba aún más su espalda, y como el bolsillo derecho solía pesar más que el izquierdo, el hombro derecho se le iba para abajo. Y así, torcido y doblado, caminaba por la calle, como un hombre destartalado, con las rodillas dobladas y arrastrando los pies. Las noticias del mundo, los días de la semana y las fiestas de los demás le pasaban por al lado, como pasan los autos por una casa vieja y aislada.

Un día, la guerra terminó de verdad. El barrio estaba vacío. Todos se habían ido a ver los festejos por la paz y el regreso del regimiento. Muchos le habían pedido a Mendel que vigilara sus casas. Iba de un departamento a otro, probaba los picaportes y las cerraduras y volvía al negocio. Desde muy lejos creía escuchar el retumbar festivo de mundo feliz, el estallido de fuegos artificiales y las risas de miles de personas. Lo invadió una paz chiquita, silenciosa. Sus dedos acariciaron la barba, sus labios formaron una sonrisa, e incluso su garganta soltó una risita espasmódica.

—Mendel también va a estar de fiesta —susurró.

Por primera vez se acercó al gramófono marrón. Había visto cómo se manipulaba el aparato.

—¡Un disco, un disco! —dijo.

Aquella mañana, un soldado que había regresado había llevado media docena de discos: eran canciones nuevas provenientes de Europa. Mendel abrió el primero de la pila, lo puso con cuidado en el aparato, se quedó un rato pensando para recordar exactamente qué tenía que hacer y colocó la púa en el disco. El aparato carraspeó. Luego empezó a sonar la canción.

Era de noche, Mendel estaba parado al lado del gramófono en la oscuridad y escuchaba. Todos los días escuchaba canciones divertidas y tristes, lentas y rápidas, claras y oscuras. Pero nunca había escuchado una canción como la que estaba sonando. Fluía como un arroyito y murmuraba imperceptiblemente, se convertía en un mar gigante y susurraba. Estoy escuchando al mundo entero, pensó Mendel. ¿Cómo puede ser que el mundo entero esté grabado en un disco tan chiquito? Cuando apareció una flauta, se sumó a los violines y los rodeó como un ornamento, Mendel se largó a llorar por primera vez en mucho tiempo. La canción había terminado. La hizo sonar por segunda y tercera vez. Ya la cantaba con su voz ronca y sus dedos tamborileaban sobre el soporte del gramófono.

En eso estaba cuando llegó Skowronnek. Este apagó el gramófono y dijo:

—¡Mendel, prendé la lámpara! ¿Qué estás escuchando?

Mendel encendió la lámpara.

—Skowronnek, fijate cómo se llama la canción.

—Esos son los discos nuevos —dijo Skowronnek—. Los compré hoy. La canción se llama —Skowronnek se puso los anteojos, llevó el disco debajo de la lámpara y leyó—: "Canción de Menuchim".

De pronto, Mendel se sintió muy débil y tuvo que sentarse. Miraba fijo el disco en las manos de Skowronnek.

—Sí, ya sé lo que estás pensando —dijo Skowronnek.

—Sí —respondió Mendel.

Skowronnek giró de nuevo la manivela.

—Es una canción muy linda —dijo Skowronnek, apoyó la cabeza en su hombro izquierdo y escuchó.

El negocio se fue llenando de a poco con los vecinos que iban llegando. Nadie hablaba. Todos escuchaban la canción y seguían el ritmo con sus cabezas.

La escucharon dieciséis veces, hasta que se la aprendieron de memoria.

Mendel se quedó solo en el negocio. Cerró con cuidado la puerta desde adentro, vació la vidriera y empezó a desvestirse. Sus pasos acompañaban la canción. Mientras iba entrando en el sueño, le pareció que la melodía azul y plateada se unía con el llanto lastimoso de Menuchim, con la canción de su Menuchim, la única, la que ya no se escuchaba más.

XV

Los días se hicieron más largos. Las mañanas eran tan claras que incluso atravesaban las persianas cerradas y entraban en la habitación de Mendel. En abril la calle se despertaba una hora antes. Mendel puso el agua a hervir, preparó el té, llenó de agua la palangana azul, sumergió su cara, se secó con la punta de una toalla de mano que colgaba del picaporte, abrió las persianas, se llenó la boca de agua, roció con cuidado las tablas y observó las figuras intrincadas que el chorro dibujaba en el polvo. El agua para el té hervía, todavía no eran ni las seis. Mendel fue hasta la puerta. Las ventanas de la calle se abrían por sí solas. Primavera. Era primavera. En todas las casas se preparaban para las Pascuas y Mendel los ayudaba. Ponía la garlopa sobre las tablas de madera de la mesa para limpiarlas de los restos de comida mundana de todo el año. Colocaba los paquetes redondos y cilíndricos que contenían el pan de Pascua envuelto en papel carmesí en los estantes blancos de las vidrieras, y sacaba las telarañas que cubrían los vinos de Palestina en los fríos sótanos. Desarmaba las camas de los vecinos y llevaba las partes a los patios, donde el sol tibio de abril ahuyentaba las alimañas y evitaba la destrucción por la bencina, el aguarrás y el petróleo. Con la tijera cortaba el papel de regalo azul y rosa, formando círculos y flecos que colgaba luego en las repisas de la cocina con chinches, como si fueran revestimientos artísticos de la vajilla. Llenaba baldes y barriles con agua caliente y sostenía grandes bolas de hierro sobre palos de madera en el fuego del hogar hasta que ardieran. Luego sumergía las bolas en los baldes y barriles, el agua hervía y los recipientes quedaban limpios. Así estaba prescrito. En morteros gigantes machacaba el pan de Pascua hasta convertirlo en harina, y la volcaba en sacos limpios que ataba con cintas azules. Alguna vez había hecho todas estas cosas en su casa, en Rusia. Allá, la llegada de la primavera era más lenta que en Estados Unidos. Mendel recordó la nieve ajada y gris que para esa época del año bordeaba las veredas de Zuchnow, de los carámbanos cristalinos en los bordes de las canillas, las suaves lluvias repentinas que cantaban toda la noche en las canaletas, los truenos lejanos que sonaban detrás del bosque de pinos, la escarcha blanca que cubría delicadamente la mañana clara y azul, la vez que Mirjam había puesto a Menuchim en un gran barril para liquidarlo y la esperanza de que ese año, de una vez por todas, viniera el Mesías. No vino. No viene, pensó Mendel, no va a venir. Que otros lo esperen. Mendel no esperaba.

Sin embargo, tanto sus amigos como los vecinos vieron a un Mendel diferente aquella primavera. A veces lo veían tararear una canción y vislumbraban una sonrisa leve detrás de su barba blanca.

—Se está volviendo infantil, ya está viejo —decía Groschel.

—Se olvidó todo —decía Rottenberg.

—Es la alegría previa a la muerte —opinaba Menkes.

Skowronnek, que era el que mejor lo conocía, no decía nada. Solo una noche, antes de irse a dormir, le dijo a su mujer:

—Desde que llegaron los discos nuevos, Mendel es otra persona. A veces lo encuentro girando la manivela del gramófono. ¿Qué pensás?

—Pienso —respondió, impaciente, la señora Skowronnek— que Mendel se está poniendo viejo e infantil, y que en cualquier momento no va a servir para nada.

Hacía rato que no estaba contenta con Mendel. Cuanto más viejo se ponía, menos compasión le tenía. De a poco también se fue olvidando de que Mendel había sido un hombre rico, y su empatía, nutrida por el respeto (no era de gran corazón), no existía más. Ya no le decía "señor Singer" como antes, sino simplemente "Mendel", como pronto empezó a llamarlo todo el mundo. Y, si antes le había dado órdenes intentando no demostrar que su obediencia la honraba y la avergonzaba al mismo tiempo, ahora lo hacía con tanta impaciencia que su insatisfacción era evidente. Aunque Mendel escuchaba bien, la señora Skowronnek levantaba la voz para hablarle, como si temiera ser malinterpretada y como queriendo demostrar con sus gritos que Mendel no seguía bien las órdenes porque no la escuchaba. Sus gritos eran una medida de precaución y era lo único que ofendía a Mendel. Porque a él, humillado por el Cielo, le importaban muy poco las burlas tontas e inocentes que le hacían, y solo se ofendía si dudaban de su capacidad de entendimiento.

—Mendel, apúrese —así empezaban todas las órdenes de la señora Skowronnek.

La impacientaba, le parecía que era muy lento.

—No grite así —contestaba Mendel a veces—, la estoy escuchando.

—¡Pero usted no se apura, se toma todo el tiempo del mundo!

—Yo tengo menos tiempo que usted, señora Skowronnek, ¡y también soy más viejo!

La señora Skowronnek, que no captó enseguida ni el doble sentido ni el reto y sintió que era una burla, se dio vuelta y le dijo a la primera persona que encontró en el negocio:

—¿Qué le parece? ¡Mendel se está poniendo viejo! ¡Nuestro querido Mendel se está poniendo viejo!

Le hubiera gustado describirlo más, pero se conformó con mencionar la edad, que era lo que más le pesaba a ella. Cuando Skowronnek escuchó la conversación, le dijo a su mujer:

—¡Todos nos ponemos viejos! Yo soy tan viejo como Mendel, ¡y tampoco es que vos estás rejuveneciendo!

—Te podés casar con una más joven —respondió la señora Skowronnek.

Se alegró de tener por fin un motivo que desatara una discordia matrimonial. Y Mendel, que ya conocía cómo se iba a desarrollar esta pelea y había entendido desde un principio que, después de todo, la ira de la mujer estaba dirigida a su marido, y no a él, temió por su amistad con Skowronnek.

Aquel día, la señora Skowronnek se había puesto en contra de Mendel Singer por un motivo en particular.

—Escuchame —le dijo a su marido—, hace unos días desapareció una cuchilla de la cocina. Puedo jurar que Mendel se la llevó. Pero, si le preguntás, dice que no sabe nada. Cada vez se pone más viejo, ¡es como un chico!

La realidad era que Mendel Singer sí se había llevado la cuchilla y la había escondido. Hacía rato que estaba preparando un plan en secreto, el último gran plan de su vida. Una noche pensó que podía llevarlo a cabo. Mientras los vecinos conversaban en lo de Skowronnek, fingió dormir en el sofá. Escuchó con los párpados cerrados hasta que se fue la última persona. Entonces sacó la cuchilla de abajo del almohadón del sofá, la escondió debajo del caftán y se escabulló hacia la calle. Era de noche, pero los faroles todavía no estaban encendidos, y de algunas ventanas salía la luz amarilla de las lámparas. Se paró frente a la casa en la que había vivido con Deborah y miró por la ventana. Allí vivía ahora el joven matrimonio Frisch, en la planta baja tenían una heladería moderna. Los vio salir de la casa y cerrar el local. Se iban a un concierto. Eran personas ahorrativas, avaras se podría decir, y trabajadoras. Amaban la música. El padre del joven Frisch había dirigido una orquesta para casamientos en Kowno. Ese día iban a ver un concierto de la orquesta filarmónica de Europa. Frisch venía hablando de ese concierto hacía varios días. No vieron a Mendel, que se acercó en puntas de pie hasta la casa, se tomó del pasamanos y del bolsillo sacó las llaves que le daban los vecinos para cuidarles las casas mientras estaban en el cine. Abrió la puerta sin ningún esfuerzo. Corrió el pasador, se tiró al piso y empezó a golpear con el puño los tablones, uno por uno. Tardó bastante. Se cansó, hizo una pequeña pausa y siguió. Finalmente, uno de los tablones sonó a hueco, justo en el lugar donde antes había estado la cama de Deborah. Mendel sacó la mugre de las junturas, aflojó las cuatro esquinas del tablón con la cuchilla y lo levantó. No se había confundido: encontró lo que estaba buscando. Sacó el pañuelo anudado, lo escondió en el caftán, volvió a colocar el tablón y se fue sin hacer ruido. No había nadie en la escalera, nadie lo había visto. Ese día cerró el negocio más temprano que de costumbre y bajó la persiana. Encendió la lámpara colgante y se sentó bajo el cono de luz. Desató el pañuelo y contó su contenido. Deborah había ahorrado sesenta y siete dólares en monedas y billetes. Era mucho dinero, pero no alcanzaba, y Mendel se sintió decepcionado. Si agregaba sus propios ahorros, las limosnas y las pequeñas retribuciones por sus trabajos en casas, la suma le daba noventa y seis dólares justos. No alcanzaba.

—¡Unos meses más! —susurró Mendel—. Tengo tiempo.

Sí, tiempo tenía, ¡iba a vivir mucho más! Frente a él estaba el océano. Tenía que atravesarlo una vez más. El mar inmenso lo esperaba. Toda Zuchnow y sus alrededores lo esperaban: el cuartel, el bosque de pinos, las ranas de los pantanos y los grillos de los campos. Si Menuchim estaba muerto, lo esperaba en el cementerio. Allí también reposaría Mendel. Antes pasaría por lo de Sameschkin, ya no tendría miedo de los perros, le podrían tirar un lobo de Zuchnow y no le temería. A pesar de los bichos y los gusanos, las ranas y las langostas, Mendel sería capaz de acostarse en la tierra desnuda. Las campanas de las iglesias retumbarían y le recordarían a la luz atenta de los ojos necios de Menuchim. Mendel respondería: "¡Volví a casa, querido Sameschkin, que vayan otros a dar vueltas por el mundo, todos mis mundos están muertos, yo volví para descansar por toda la eternidad!". La noche azul se cerniría sobre la tierra, las estrellas brillarían, las ranas croarían, los grillos cantarían y más allá, en el bosque oscuro, alguien entonaría la canción de Menuchim.

Así se durmió Mendel ese día, con el pañuelo anudado en su mano.

A la mañana siguiente fue hasta el departamento de Skowronnek, puso la cuchilla sobre la hornalla apagada y dijo:

—¡Mire, señora Skowronnek, encontré la cuchilla!

Quería irse rápido, pero la señora Skowronnek empezó a decir:

—¿La encontró? Tampoco era tan difícil, ¡si usted mismo la escondió! Por cierto, parece que ayer durmió muy profundo. Le golpeamos la puerta del negocio, ¿no escuchó? Frisch, de la heladería, tiene algo muy importante que decirle. Debería ir a verlo enseguida.

Mendel se sobresaltó. Entonces alguien sí lo había visto ayer, quizás habían entrado a robar al departamento y sospechaban de él. Quizás no se había llevado los ahorros de Deborah, sino los de la señora Frisch. Sus rodillas temblaban.

—Permítame que me siente —le dijo a la señora Skowronnek.

—Se puede sentar dos minutos —dijo ella—, después tengo que cocinar.

—¿Qué es eso tan importante que me tienen que decir? —le preguntó Mendel. Pero ya sabía que la mujer no le iba a decir nada. La señora Skowronnek disfrutó de la curiosidad de Mendel y no le dijo nada. Luego consideró que ya era el momento de echarlo.

—¡Yo no me meto en asuntos ajenos! ¡Vaya a ver a Frisch! —dijo.

Mendel se fue, pero decidió no ir a lo de los Frisch. No podía ser algo bueno. Ya llegaría por sí solo. Iba a esperar.

Sin embargo, a la tarde llegaron los nietos de Skowronnek de visita, y la señora Skowronnek lo mandó a buscar tres porciones de helado de frutilla. Con mucha cautela, Mendel entró al local. Por suerte, el señor Frisch no estaba. Su mujer le dijo:

—Mi marido tiene algo muy importante que decirle, ¡vuelva más tarde!

Mendel hizo como si no la hubiera escuchado. Su corazón estaba atormentado y quería huir de su cuerpo. Lo contuvo con ambas manos. No había dudas de que algo malo lo amenazaba. Quería decir la verdad, Frisch le creería. Si no le creía, iría a la cárcel. Y ya no quedaría nada. Moriría en la cárcel, y no en Zuchnow.

No podía irse de los alrededores de la heladería. Iba y venía de la puerta del local. Vio volver al joven Frisch. Quería esperar un poco más, pero sus pies no le hicieron caso y lo llevaron de vuelta al local. Abrió la puerta que accionaba una campanita estridente y ya no tuvo fuerzas para volver a cerrarla, por lo que la campanita siguió sonando y Mendel quedó atontado y atrapado en el ruido infernal, incapaz de moverse. El señor Frisch cerró la puerta. Y, en el silencio abrupto, Mendel escuchó que el señor Frisch le decía a su mujer:

—¡Un batido de frambuesas para el señor Singer, rápido!

¿Hacía cuánto que no le decían "señor Singer"? Recién en ese momento se dio cuenta de que hacía mucho tiempo le decían "Mendel" para ofenderlo. Esta es una broma maliciosa de Frisch, pensó. Todo el barrio sabe que este joven es un avaro, él sabe que yo no puedo pagar un batido de frambuesas. No lo voy a tomar.

—Gracias, gracias —dijo Mendel—. No voy a tomar nada.

—No nos va a rechazar —dijo sonriendo la mujer.

—No me va a rechazar —dijo el joven Frisch.

Llevó a Mendel a una de las mesitas de hierro y lo sentó en un ancho sillón de mimbre. Él se sentó en una silla de madera común, se acercó a Mendel y dijo:

—Ayer, señor Singer, estuve en el concierto, como usted ya sabe.

El corazón de Mendel se frenó. Se recostó en el respaldo y tomó una bocanada de aire para mantenerse en vida.

—Bueno —siguió diciendo Frisch—, toda mi vida me la pasé escuchando música, ¡pero nunca había escuchado algo así! Treinta y dos músicos en escena, me entiende, y casi todos de nuestra comunidad. Y tocaron música judía, ¿me entiende? Me alegró el corazón, y lloré, el público entero lloró. Al final tocaron "Canción de Menuchim", señor Singer. Usted la conoce, la escuchó en el gramófono. Es una canción hermosa, ¿no es cierto?

¿Qué quiere este?, pensó Mendel.

—Sí, sí, es una canción hermosa —contestó.

—Cuando terminó, me acerqué a los músicos. Estaba lleno de gente. Todos se encontraban con amigos, y yo también, señor Singer, yo también.

Frisch hizo una pausa. Entraba gente al local, la campanita chillaba.

—Me encontré —dijo Frisch—, ¡pero tome el batido, señor Singer! Me encontré a mi primo Berkovitsch, de Kowno. Es el hijo de mi tío. Nos saludamos y charlamos. Y de repente, Berkovitsch me dijo: "¿Conocés a un viejo que se llama Mendel Singer?".

Frisch volvió a esperar. Pero Mendel no se inmutó. Solo tomó conocimiento de que un tal Berkovitsch había preguntado por un viejo llamado Mendel Singer.

—Sí —dijo Frisch—, le respondí que conocía a un Mendel Singer de Zuchnow. "Ese es", me dijo Berkovitsch. "Nuestro director de orquesta es un gran compositor, es joven y es un genio, la mayoría de las piezas que tocamos son de él. Se llama Alexej Kossak y también es de Zuchnow".

—¿Kossak? —repitió Mendel—. El apellido de nacimiento de mi mujer es Kossak. ¡Es un pariente!

—Sí —dijo Frisch—, y parece que este Kossak lo está buscando. Seguramente quiera decirle algo. Y yo vengo a preguntarle si quiere escucharlo. Usted puede ir a verlo al hotel o yo le puedo escribir su dirección a Berkovitsch.

Mendel se sintió aliviado y compungido a la vez. Tomó el batido de frambuesas, se recostó de nuevo en el respaldo y dijo:

—Le agradezco, señor Frisch. Pero no es tan importante. Kossak me va a contar cosas tristes, y ya sé cuáles son. Y además le digo la verdad: yo tenía pensado hablar con usted para que me asesorase por un tema. Su hermano tiene una agencia de viajes, ¿no? Quiero irme a casa, a Zuchnow. Ya no es Rusia, el mundo cambió. ¿Cuánto sale un pasaje de barco ahora? ¿Qué papeles necesito? Hable con su hermano, pero no le diga nada a nadie.

—Le voy a averiguar —contestó Frisch—. Pero seguramente no cuente con el dinero suficiente. ¡Y viajar, a su edad! ¡Quizás Kossak le diga algo! ¡Quizás lo lleva con él! Se queda poco tiempo en Nueva York. ¿Quiere que le dé su dirección a Berkovitsch? Porque sospecho que usted no va a ir al hotel.

—No —dijo Mendel—, no voy a ir al hotel. Escríbale, si quiere.

Se levantó.

Frisch lo volvió a sentar en el sillón.

—Un momento —dijo—. Señor Singer, traje el programa del concierto. Hay una foto de Kossak.

Sacó de un bolsillo interno el programa, lo abrió y lo sostuvo delante de los ojos de Mendel.

—Un hombre joven, apuesto —dijo Mendel.

Observó la fotografía. Aunque era foto gastada, el papel estaba sucio y la imagen parecía desintegrarse en miles de moléculas diminutas, para Mendel era un retrato vívido. Quiso devolverlo de inmediato, pero se lo quedó mirando fijo. Debajo del pelo negro, la frente era ancha y blanca como una piedra pulida al sol. Los ojos eran grandes y claros. Miraban directamente a Mendel Singer y no lo soltaban. Mendel sentía que le daban un aire feliz y liviano, y que irradiaban inteligencia. Eran viejos y jóvenes a la vez. Sabían todo, el mundo se reflejaba en ellos. Mirándolos, sintió que él mismo podría rejuvenecer, tendría todo por delante para aprender. Tenía que saber todo de estos ojos. Él ya había visto y soñado estos ojos cuando era joven. Hacía muchos años, cuando había empezado a estudiar la Biblia, los ojos de los profetas eran así. Los hombres a los que Dios mismo les había hablado tienen estos ojos. Saben todo, no delatan nada, la luz habita en ellos.

Mendel se quedó mirando la foto por un largo rato. Luego, dijo:

—Me lo voy a llevar a casa si me lo permite, señor Frisch.

Plegó la hoja y se fue.

Al doblar la esquina, abrió el programa, lo miró y lo volvió a guardar. Le pareció que había pasado mucho tiempo desde que había entrado a la heladería ese día. Los miles de años que brillaban en los ojos de Kossak estaban entre ese momento y los años de juventud, cuando Mendel podía imaginarse el rostro de los profetas. Quiso volver a preguntar cuál era el salón en donde tocaba la orquesta e ir. Pero le daba vergüenza. Fue hasta el negocio de Skowronnek y contó que en Estados Unidos había un pariente de su mujer que lo estaba buscando, y que le había dado permiso a Frisch para que le diera su dirección.

—Mañana a la noche vas a comer con nosotros, como todos los años —dijo Skowronnek.

Se refería a la primera noche de Pascuas. Mendel asintió. Le gustaba más la idea de quedarse en su habitación: conocía las miradas de reojo de la señora Skowronnek y cómo calculaba cuando le servía a Mendel la sopa y el pescado. Es la última vez, pensó. En un año voy a estar en Zuchnow, vivo o muerto. Preferentemente, muerto.

La noche siguiente, Mendel fue el primero de todos los invitados en llegar, pero el último en sentarse a la mesa. Había ido temprano para no ofender a la señora Skowronnek y se había ubicado en su lugar después que los demás para mostrar que, entre todos los presentes, se consideraba el menos importante. Estaban todos sentados alrededor de la mesa: la mujer, las dos hijas con sus maridos e hijos, un vendedor de partituras y Mendel, que estaba sentado en la punta, en donde habían agregado una tabla. Mendel no solo estaba preocupado porque hubiera paz, sino también por mantener el equilibrio entre la mesa y su extensión. Con una mano agarraba fuerte la tabla cuando había que apoyar un plato o una fuente de sopa. Seis velas blancas y robustas ardían en seis candelabros de plata y se reflejaban en el mantel blanco. Parecían guardias blancos y plateados de igual tamaño las velas de Skowronnek, el señor de la casa, que tenía una túnica blanca y estaba sentado sobre un almohadón blanco, apoyado sobre otro almohadón: un rey inmaculado sobre un trono inmaculado. ¿Cuánto tiempo había pasado desde que Mendel se había vestido así y había reinado de la misma forma en la mesa y en la fiesta? Ahora estaba encorvado y abatido, en su traje verdoso, en la punta de la mesa, el menos importante de todos los presentes, preocupado por su propia humildad y como un pobre sostén del festejo. Los panes de Pascua estaban debajo de una servilleta blanca, como una colina blanca al lado del verde suculento de las hierbas, el rojo oscuro de la remolacha y el amarillo acre de las raíces de los rábanos. Los libros que relataban el éxodo de los judíos de Egipto estaban abiertos delante de cada invitado. Skowronnek comenzó a recitar la leyenda, todos repetían las palabras y cantaban en coro la feliz y agradable melodía. Era un recuento cantado de cada milagro que se iba sumando y que daba cuenta de las mismas características de Dios: la grandeza, la bondad, la misericordia por Israel y la ira contra el Faraón. Incluso el vendedor de partituras, que no podía leer el texto y no entendía las tradiciones, no pudo quedarse al margen de la melodía, se entregó a ella y empezó a cantar sin darse cuenta. Mendel mismo afinó para sus adentros la melodía y la dirigió contra el Cielo, que hacía cuatro mil años había ofrendado con generosidad bellos milagros, y fue como si Mendel se hubiera reconciliado con su propio destino a través del amor de Dios hacia el pueblo. Mendel Singer no cantaba, pero su torso se balanceaba hacia atrás y hacia adelante por el canto de los demás. Escuchaba cantar a los nietos de Skowronnek con vocecitas claras y recordó las voces de sus propios hijos. Veía al pobre Menuchim sentado a la mesa festiva en la silla alta. Mientras cantaban, el padre lanzaba miradas furtivas hacia su hijo más chico, veía y sentía la luz atenta de sus ojos necios, y cómo el chiquito se esforzaba, en vano, en decir lo que le sonaba y en cantar lo que escuchaba. Era la única noche del año en la que Menuchim llevaba un traje nuevo como sus hermanos, y el cuello blanco de la camisa con ornamentos rojos oficiaba de franja festiva para su papada fláccida. Cuando Mendel le alcanzaba el vino, se tomaba medio vaso con fruición, jadeaba y resoplaba, y su cara se transformaba en un intento fallido de reír o llorar; ¿quién podía saberlo?

En eso pensaba Mendel cuando se balanceaba al ritmo del canto de los demás. Vio que ya estaban bastante adelantados, pasó un par de páginas y se preparó para levantarse y retirar los platos de la punta de la mesa; así evitaría accidentes cuando la soltara. Se acercaba el momento de llenar el vaso rojo con vino y abrir la puerta para dejar entrar al profeta Eliahu. El vaso rojo estaba listo, las seis luces se reflejaban en su curvatura. La señora Skowronnek levantó la cabeza y miró a Mendel. Este se levantó, se fue arrastrando los pies hasta la puerta y la abrió. En ese instante, Skowronnek cantó la invitación al profeta. Mendel esperó a que terminara. No quería hacer el mismo camino dos veces. Luego cerró la puerta, se volvió a sentar, agarró fuerte la tabla y continuaron con el canto.

Había pasado apenas un minuto desde que Mendel estaba de nuevo sentado a la mesa, cuando golpearon la puerta. Todos lo escucharon, pero pensaron que se habían equivocado. Aquella noche todos estaban en sus casas, las calles del barrio estaban vacías. ¿Quién iba a visitarlos a esa hora? Probablemente había sido el viento.

—Mendel —dijo la señora Skowronnek—, no cerró bien la puerta.

En ese momento volvieron a escuchar que golpeaban, y esta vez el sonido fue más nítido y duradero. Todos se paralizaron. El olor de las velas, el sabor del vino, la inusual luz amarilla y la melodía antigua habían entusiasmado tanto a adultos como a chicos que realmente esperaban que sucediera un milagro. Contuvieron la respiración por un instante y se miraron desconcertados y pálidos, como queriendo preguntarse si no era el profeta el que estaba queriendo entrar. Todo estaba en silencio, nadie se animaba a moverse. Finalmente,

Mendel corrió el plato hasta el medio, volvió a arrastrar los pies hacia la puerta y la abrió. En el pasillo, a oscuras, había un hombre alto y extraño. Saludó y preguntó si podía pasar. Skowronnek se incorporó de su asiento con algo de esfuerzo, fue hasta la puerta, observó al extraño y dijo, como había aprendido en Estados Unidos:

—*Please!*

El desconocido entró. Llevaba puesto un abrigo oscuro con el cuello levantado. El sombrero se lo dejó puesto, probablemente por respeto hacia la festividad y porque todos los hombres allí presentes tenían sus cabezas cubiertas.

Es un hombre elegante, pensó Skowronnek. Y sin decir nada le desabotonó el abrigo. El hombre hizo una reverencia y dijo:

—Me llamo Alexej Kossak. Les pido disculpas. Les pido muchas disculpas. Me dijeron que aquí estaba viviendo un tal Mendel Singer de Zuchnow. Me gustaría hablar con él.

—Soy yo —dijo Mendel Singer.

Mendel se acercó al desconocido y levantó la cabeza. Su frente le llegaba hasta los hombros del extraño.

—Señor Kossak —continuó Mendel—, me contaron sobre usted. Somos parientes.

—Póngase cómodo y siéntese a la mesa con nosotros —dijo Skowronnek.

La señora Skowronnek se levantó, y todos se arrimaron para hacerle lugar al extraño. El yerno de Skowronnek acercó una silla a la mesa. El extraño colgó su abrigo en un clavo y se sentó frente a Mendel. Le dieron un vaso de vino.

—No paren por mí —pidió Kossak—, sigan orando.

Continuaron con la ceremonia. El desconocido estaba sentado en silencio. Mendel no dejaba de mirarlo. Alexej Kossak también miraba constantemente a Mendel Singer. Así estaban, uno frente al otro, imbuidos en el canto de los demás, pero separados de ellos. Para los dos era cómodo no tener que hablar todavía. Mendel buscó los ojos del extraño. Cuando Kossak los cerraba, Mendel quería pedirle que los mantuviera abiertos. Para Mendel Singer la cara le era desconocida, solo los ojos, detrás de los lentes, le parecían familiares. La mirada de Mendel se dirigía hacia ellos una y otra vez, como si estuviera intentando ver luces familiares ocultas tras las ventanas en el paisaje ajeno del rostro estrecho, pálido y juvenil. Sus labios cerrados eran angostos y tersos. Si yo fuera su padre, pensó Mendel, le diría: sonreí, Alexej. Sacó el programa de su bolsillo en silencio, lo desplegó debajo de la mesa para no molestar al resto y se lo alcanzó al extraño. Este lo agarró y por un segundo mostró una sonrisa estrecha y tierna.

El canto se interrumpió, era la hora de comer. La señora Skowronnek le alcanzó al desconocido un plato de sopa caliente y el señor Skowronnek le pidió que comiera con ellos. El vendedor de partituras empezó a hablar en inglés con Kossak, y Mendel no entendía nada. Luego, el vendedor les explicó a todos que Kossak era un joven genio, que se quedaba en Nueva York solo una semana y que quería enviarles a todos entradas gratis para el concierto de su orquesta. No hubo otras conversaciones. Comieron con menos excitación festiva hacia el final de la celebración, y cada dos bocados el extraño o los anfitriones decían alguna que otra palabra amable. Mendel no hablaba. Para complacer a la señora Skowronnek, comió más rápido que los demás. Todos celebraron la finalización de la cena y continuaron cantando con fervor los milagros. Skowronnek empezó a acelerar el ritmo, las mujeres no podían seguirlo. Pero cuando llegó a la parte de los salmos, cambió la voz, el tempo y la melodía, y cada palabra sonaba tan acentuada que incluso Mendel repetía "aleluya, aleluya" al final de cada estrofa. Sacudía la cabeza de modo tal que su barba larga rozaba las hojas abiertas del libro y se podía escuchar un suave crujido, como si la barba de Mendel quisiera unirse a la oración, ya que su boca celebraba con recato.

Ya estaban por terminar. Las velas se habían consumido hasta la mitad, la mesa ya no estaba perfecta e impoluta, sobre el mantel blanco había manchas y restos de comida, y los nietos de Skowronnek empezaban a bostezar. Llegaron al final del libro. Skowronnek elevó la voz para decir el deseo tradicional:

—¡El próximo año en Jerusalén!

Todos lo repitieron, cerraron los libros y giraron hacia el desconocido. Era el turno de Mendel de hacerle una pregunta. El viejo carraspeó, sonrió y dijo:

—Bien, señor Alexej, ¿qué me quiere contar?

El extraño empezó a hablar a media voz:

—Habría tenido noticias mías hace mucho tiempo si hubiera sabido antes su dirección. Pero después de la guerra ya nadie sabía nada. El yerno de Billes, el músico, murió de tifus. Su casa de Zuchnow quedó vacía, porque la hija de Billes volvió con sus padres, que en aquel momento vivían en Dubno. Su casa de Zuchnow estaba ocupada por soldados austríacos. Bien, luego de la guerra, le escribí a mi representante de acá, pero no hizo bien su trabajo, me escribió diciéndome que no lo podía encontrar.

—¡Qué lástima lo del yerno de Billes! —dijo Mendel, y al mismo tiempo pensó en Menuchim.

—Y ahora —siguió Kossak— tengo una buena noticia.

Mendel levantó la cabeza.

—Le compré su casa al viejo Billes, delante de testigos y sobre la base de una tasación oficial. Y quiero darle el dinero a usted.

—¿Cuánto es? —preguntó Mendel.

—¡Trescientos dólares! —dijo Kossak.

Mendel se agarró la barba y la peinó con dedos temblorosos.

—¡Le agradezco! —dijo.

—Y con respecto a su hijo Jonas —siguió diciendo Kossak—, desapareció en 1915. Nadie pudo decirme nada. Ni en Petersburgo, ni en Berlín, ni en Viena, ni en la Cruz Roja suiza. Pregunté por todos lados y mandé a averiguar. Pero hace dos meses me encontré con un joven en Moscú. Había llegado como refugiado a través de la frontera polaca porque, como sabrá, Zuchnow pertenece a Polonia ahora. Este joven había sido camarada de regimiento de Jonas. Me dijo que había escuchado una vez, de casualidad, que Jonas vivía y que estaba peleando con el ejército de la Guardia Blanca. Se tornó muy difícil saber algo sobre él. Pero mantenga las esperanzas.

Mendel quería abrir la boca para preguntar por Menuchim. Pero su amigo Skowronnek, que presintió la pregunta de Mendel y estaba seguro de que la respuesta iba a ser triste, estaba empeñado en evitar conversaciones deprimentes o al menos posponerlas lo más posible. Entonces se le adelantó al viejo y dijo:

—Señor Kossak, ahora que tenemos el placer de tener con nosotros a un hombre tan importante como usted, ¿no le gustaría contarnos algo sobre su vida? ¿Cómo sobrevivió a la guerra, la revolución y a todos los peligros?

Fue evidente que el extraño no se esperaba esta pregunta, ya que no contestó de inmediato. Bajó los ojos como si estuviera avergonzado o reflexivo, y después de un largo rato respondió:

—No viví nada muy especial. Cuando era chico estuve enfermo por mucho tiempo, mi padre era un maestro pobre como el señor Singer, de cuya esposa soy pariente (no es momento de profundizar sobre ese parentesco). En resumen, a causa de mi enfermedad y porque éramos pobres, fui a un instituto de medicina público de una gran ciudad. Me trataron muy bien, había un médico que me tenía cariño, me curé, y él me llevó a vivir a su casa. Un día —en ese momento, Kossak bajó la voz y la cabeza, parecía que le hablaba a la mesa, por lo que todos contuvieron el aliento para escucharlo— me senté al piano y toqué canciones mías. La mujer del médico escribió las notas. La guerra me vino bien, porque entré a una banda militar y me convertí en director de orquesta, me quedé en Petersburgo y un par de veces hice conciertos para el zar. Después de la revolución, viajé con mi orquesta al extranjero. Algunos músicos se fueron, y llegaron otros. En Londres firmé un contrato con una agencia de conciertos y así se formó mi orquesta.

El desconocido ya había dejado de hablar, pero todos seguían a la escucha. Sus palabras flotaban todavía en la habitación, algunos recién más tarde las comprendieron. Kossak hablaba muy poco la jerga judía, en algunas oraciones se le mezclaba el ruso, y tanto los Skowronnek como Mendel no entendían cada palabra en sí, sino recién puestas en contexto. Los yernos de Skowronnek, que habían llegado a Estados Unidos cuando eran chicos, entendieron la mitad, y sus mujeres les tradujeron el relato al inglés. El vendedor repitió la biografía de Kossak para memorizarla. Las velas ya eran montoncitos chiquitos en los candelabros, la habitación estaba a oscuras, los nietos dormían con las cabezas torcidas sobre los sillones, pero nadie hacía ningún movimiento como para irse; la señora Skowronnek incluso buscó dos velas nuevas, las puso arriba de los restos de las otras y la noche volvió a empezar. Su antiguo respeto por Mendel Singer volvió a despertarse. Este desconocido, que era un hombre importante, había tocado para el zar, llevaba un anillo exótico en el dedo meñique y una perla en la corbata, estaba vestido con un traje de buena tela europea —ella sabía del tema, porque su padre había sido comerciante de telas—, este hombre no podía ir con Mendel a la habitación trasera del negocio. Y para sorpresa de su marido, dijo:

—¡Señor Singer! Qué bueno que hoy vino a visitarnos. Normalmente —se dio vuelta para hablarle a Kossak— es tan humilde y delicado que rechaza todas mis invitaciones. Pero él es como el chico más grande de la casa.

Skowronnek la interrumpió:

—¡Preparanos un té!

Y, mientras ella se levantaba, le dijo a Kossak:

—Sus canciones las conocemos hace mucho. ¿Es de usted "Canción de Menuchim"?

—Sí —dijo Kossak—. Es mía.

La pregunta pareció incomodarlo. Miró rápido a Mendel Singer y le preguntó:

—¿Su mujer falleció?

Mendel asintió.

—Y, por lo que sé, tiene una hija, ¿no?

En lugar de Mendel, contestó Skowronnek:

—Lamentablemente, por la muerte de su madre y de su hermano Sam, su hija se volvió loca y entró a un psiquiátrico.

El extraño bajó la cabeza. Mendel se levantó y salió. Quería preguntarle sobre Menuchim, pero no se animaba. Ya sabía cuál iba a ser la respuesta. Se puso en el lugar del invitado y se respondió: Menuchim está muerto hace mucho. Murió de manera miserable. Se memorizó la frase y la saboreó en toda su amargura, para estar tranquilo cuando la escuchara de verdad. Sintió brotar una esperanza tímida en lo profundo de su corazón e intentó matarla. Si Menuchim estuviera vivo, se dijo, el extraño me lo hubiera dicho al comienzo. ¡No! Menuchim está muerto hace mucho. ¡Ahora le voy a preguntar, así pongo fin a esta esperanza tonta! Pero no le preguntó enseguida. Se tomó una pausa, y los ruidos que hacía la señora Skowronnek para preparar el té le dieron la oportunidad para dejar la habitación y ayudar a la mujer, como solía hacer. Pero esa noche lo mandó de nuevo para el comedor. Mendel tenía trescientos dólares y un pariente distinguido.

—Esta tarea no es para usted, señor Mendel —le dijo—, ¡no deje solo a su invitado!

De todos modos, ya tenía todo listo. Entró en la habitación, seguida de Mendel, llevando una bandeja ancha con los vasos llenos de té. El té humeaba. Mendel estaba decidido, por fin, a preguntar por Menuchim. Skowronnek también sentía que la pregunta ya no se podía postergar más. Prefirió preguntárselo él mismo; Mendel, su amigo, no debía pasar por la agonía de preguntar, además de sufrir el dolor que le causaría la respuesta.

—Mi amigo Mendel tenía otro pobre hijo enfermo, se llamaba Menuchim. ¿Qué pasó con él?

El extranjero, una vez más, no respondió enseguida. Dio vueltas la cuchara en el fondo del vaso, desmenuzó el azúcar y, como queriendo leer la respuesta en el té, se quedó mirando el vidrio marrón clarito, con la cuchara entre el pulgar y el dedo índice, moviendo lentamente la mano delgada y morena. Finalmente, en voz muy alta y como si fuera una decisión repentina, dijo:

—¡Menuchim vive!

No sonó como una respuesta, sino más bien como un llamado. Inmediatamente después, del pecho de Mendel Singer irrumpió una risa. Todos se asustaron y miraron fijamente al viejo.

Mendel está recostado en el sillón, se sacude y se ríe. Su espalda está encorvada de manera tal que casi no llega a tocar el respaldo. Entre el respaldo y el cuello arrugado de Mendel (unos pelitos blancos se encrespan sobre el cuello miserable del caftán) hay una gran distancia. La barba larga se mueve con intensidad, flamea como una bandera blanca y también parece reírse. El pecho de Mendel retumba y ríe alternadamente. Todos están asustados, Skowronnek se levanta con dificultad del almohadón mullido y detrás de su túnica blanca recorre toda la mesa, se acerca a Mendel, se inclina hacia él y le toma las manos. Entonces la risa de Mendel se convierte en llanto, solloza, y las lágrimas caen desde los ojos viejos y semicerrados hacia la barba tupida y salvaje, algunas se pierden en la maraña y otras quedan colgando del pelo, enteras y redondas, como gotas de cristal.

Mendel se calma. Mira directo a Kossak y repite:

—¿Menuchim vive?

El extraño lo mira con calma y le dice:

—Menuchim vive, está sano, ¡y le está yendo bien!

Mendel pliega sus manos y las levanta lo más que puede en dirección al techo. Quiere levantarse. Tiene la sensación de que tiene que levantarse, enderezarse, crecer, agrandarse, atravesar el techo y tocar el cielo. Las manos siguen en forma de plegaria. Mira a Skowronnek, y el viejo amigo sabe qué tiene que seguir preguntando en su lugar.

—¿Dónde está Menuchim ahora?

Alexej Kossak contesta lentamente:

—Yo soy Menuchim.

Todos se levantan de pronto de sus asientos, y los chicos, que ya habían dormido, se despiertan y empiezan a llorar. Mendel se levanta con tanto ímpetu que la silla se cae detrás de él haciendo un gran estruendo. Va apurado y saltando hacia donde está Kossak, el único que se queda sentado. Hay mucho revuelo en la habitación. Las velas empiezan a centellear, como si estuviera soplando un viento. Las sombras de los que están de pie ondean en las paredes. Mendel cae de rodillas ante Menuchim, con la boca inquieta y la barba flameando busca las manos de su hijo, sus labios besan lo que encuentran: la rodilla, el muslo, el chaleco de Menuchim. Mendel vuelve a levantarse, levanta las manos y, como si se hubiera vuelto ciego de repente, sus dedos empiezan a tocar la cara de su hijo furtivamente. Los dedos viejos y robustos se deslizan por el pelo de Menuchim, por la frente ancha y tersa, por los cristales fríos de los anteojos, por los labios angostos y cerrados. Menuchim está sentado, en calma, y no se mueve. Todos los presentes rodean a Menuchim y a Mendel, los chicos lloran, las velas centellean, las sombras en la pared se convierten en nubes pesadas. Nadie habla.

Finalmente, suena la voz de Menuchim:

—¡Levantate, papá! —dice.

Agarra a Mendel por debajo de los brazos, lo levanta y lo sienta en su regazo como a un chico. Los demás se van alejando. Ahora Mendel está sentado sobre el regazo de su hijo y les sonríe a todos. Susurra:

—El dolor lo hará sabio; la fealdad, bondadoso; la amargura, manso, y la enfermedad, fuerte.

Lo había dicho Deborah. Todavía podía escuchar su voz.

Skowronnek abandona la mesa, se saca la túnica, se pone el abrigo y dice:

—¡Ya vuelvo!

¿A dónde va Skowronnek? No es tan tarde, apenas las once, sus amigos todavía están cenando. Va casa por casa: a lo de Groschel, Menkes y Rottenberg. Todos están sentados a sus mesas.

—¡Ocurrió un milagro! —les dice—. ¡Vengan a ver!

Lleva a todos a ver a Mendel.

En el camino se encuentran con la hija de Lemmel, que volvía de acompañar a sus invitados. Le cuentan lo ocurrido con Mendel y Menuchim. El joven Frisch, que había salido con su mujer a pasear, escucha también la novedad. Y, así, algunos se van enterando. Calle abajo, delante de la casa de Skowronnek, está el auto de Menuchim como prueba. Algunos abren sus ventanas y lo ven. Menkes, Groschel, Skowronnek y Rottenberg entran a la casa. Mendel va a su encuentro y les estrecha las manos en silencio.

Menkes, el más parsimonioso de todos, toma la palabra y dice:

—Mendel, vinimos para verte en la dicha, porque te vimos en la desdicha. ¿Te acordás de lo abatido que estabas? Te consolamos, sí, pero sabíamos que era en vano. Ahora estás viviendo un milagro en carne propia. Así como antes estuvimos tristes con vos, ahora nos alegramos con vos. Los milagros del Eterno son grandes, hoy y hace mil años. ¡Alabado sea su nombre!

Todos se pusieron de pie. Las hijas de Skowronnek, los chicos, los yernos y el vendedor ya se habían puesto sus abrigos y se despidieron. Los amigos de Mendel no se sentaron, porque solo habían ido a felicitarlo. Mendel, más bajito que los demás, con la espalda encorvada, en su traje verdoso, estaba en el medio, como un rey disfrazado e invisible. Tenía que estirarse para verles las caras a todos.

—Les agradezco —dijo—. Sin la ayuda de ustedes no hubiera vivido este momento. ¡Miren a mi hijo!

Y señalaba a Menuchim con su mano, como si sus amigos no pudieran observarlo del todo. Sus ojos podían sentir la tela del traje, la corbata de seda, las perlas, las manos delgadas y el anillo. Luego, dijeron:

—¡Un joven noble! ¡Se ve que es especial!

—No tengo casa —le dijo Mendel a su hijo—. Venís a ver a tu padre y no tiene un lugar para que duermas.

—Quisiera llevarte conmigo, papá —respondió el hijo—. No sé si podés viajar, porque hoy es día festivo.

—Puede viajar —dijeron todos al unísono.

—Creo que puedo viajar con vos —dijo Mendel—. Cometí pecados graves, y el Señor hizo la vista gorda. Le dije que era un *isprawnik* y se tapó los oídos. Él es tan grande que nuestra maldad se empequeñece. Puedo viajar con vos.

Todos acompañaron a Mendel al coche. Desde algunas ventanas, vecinos y vecinas asomados miraban para abajo. Mendel tomó la llave, abrió de nuevo el local, fue hacia la habitación trasera y descolgó la bolsita de terciopelo del clavo. Sopló para sacarle el polvo, bajó las persianas, cerró y le dio la llave a Skowronnek. Con la bolsita bajo el brazo, subió al auto. El motor arrancó. Los reflectores se encendieron. De las ventanas se escuchaban gritos:

—¡Adiós, Mendel!

Mendel Singer tomó a Menkes de la manga y le dijo:

—Mañana, en el momento de la oración, vas a informar a todos que doné trescientos dólares para los pobres. ¡Hasta siempre!

Y viajó al lado de su hijo hasta el Hotel Astor en la calle Broadway 44.

XVI

Miserable y encorvado, en el traje verdoso y con la bolsita de terciopelo bajo el brazo, Mendel Singer entró al hall del hotel. Observó la luz eléctrica, al portero rubio, los bustos blancos de un dios desconocido delante del comienzo de la escalera y al mulato que le pedía cargar con la bolsita. Subió al ascensor y se vio en el espejo al lado de su hijo, cerró los ojos y se sintió mareado. Ya estaba muerto, flotaba en el cielo, no había fin. Su hijo lo agarró de la mano, el ascensor paró, y Mendel caminó a través de un largo pasillo sobre una alfombra silenciosa. Recién abrió los ojos cuando estuvo en la habitación. Se acercó a la ventana, como de costumbre. Por primera vez veía de cerca la noche estadounidense, el cielo rojo, símbolos, imágenes y letras resplandecientes, centelleantes, incandescentes, rojas, azules, verdes, plateadas, doradas. Escuchaba el canto ruidoso de Estados Unidos, bocinas, bocinazos, zumbidos, timbres, chirridos, crujidos, silbidos y aullidos. Frente a la ventana en la que Mendel estaba apostado, aparecía cada cinco segundos la cara ancha y risueña de una chica, hecha de chispas y puntitos, con unos dientes deslumbrantes de plata fundida en la boca abierta. Frente a ella y suspendida en el aire, había una copa de color rojo rubí desbordante, que se vertía sola, volcaba el contenido en la boca abierta y se alejaba para llenarse de nuevo y volver a aparecer, roja y desbordante de espuma blanca. Era la publicidad de una nueva gaseosa. Mendel la contempló como la representación acabada de la felicidad nocturna y de la salud de oro. Sonrió, miró el movimiento de la imagen un par de veces más y se volvió a la habitación. La cama blanca estaba abierta. Menuchim se hamacaba en una silla mecedora.

—Hoy no voy a dormir —dijo Mendel—. Acostate vos, yo me siento al lado tuyo. En Zuchnow dormías en un rincón, al lado del hogar.

—Hay un día del que me acuerdo muy bien —empezó a decir Menuchim. Se sacó los anteojos y Mendel vio los ojos desnudos de su hijo, le parecían tristes y cansados—, es una mañana, el sol brilla, la habitación está vacía. Vos llegás y me levantás, me siento a una mesa y con una cuchara le das golpecitos a un vaso. Es un sonido maravilloso, hoy podría escribirlo y tocarlo. Después cantás. Y las campanas empiezan a sonar, como cucharas grandes, antiguas y pesadas, golpeando vasos gigantes.

—Seguí, seguí —dijo Mendel.

Él también se acordaba de ese día; Deborah se había ido de la casa para prepararse para ir a ver a Kapturak.

—¡De los primeros tiempos ese es el único día que me acuerdo! —contestó su hijo—. Después recuerdo al yerno de Billes, el violinista. Toca todos los días. Cuando deja de tocar yo lo sigo escuchando, día y noche.

—¡Seguí, seguí! —le ordenó Mendel, con el mismo tono con el que instaba a sus alumnos a estudiar.

—¡Después no hay nada por mucho tiempo! Y un día, veo un fuego rojo y azul. Me tiro al piso. Me arrastro hasta la puerta. De repente, alguien me levanta y me anima a caminar. Estoy afuera, la gente está al otro lado de la calle. Y yo grito: "¡Fuego!".

—¡Seguí, seguí! —le ordenó Mendel.

—No me acuerdo más. Después me dijeron que estuve inconsciente y enfermo por mucho tiempo. Tengo el recuerdo de Petersburgo, un salón blanco, camas blancas, muchos chicos en camas, alguien toca un armonio o un órgano, y yo canto en voz alta. Después, el médico me lleva a su casa en coche. Una mujer alta y rubia vestida de azul toca el piano. Se pone de pie. Yo me acerco a las teclas, que suenan al tocarlas. De repente, toco las canciones que antes escuchaba del órgano y todo lo que sé cantar.

—¡Seguí, seguí! —le ordenó Mendel.

—Ya no sabría decirte más que lo que pasó en esos días. Me acuerdo de mamá. Todo era cálido y suave con ella, creo que tenía la voz muy grave, y su cara era muy grande y redonda como un mundo.

—¡Seguí, seguí! —dijo Mendel.

—No recuerdo a Mirjam, ni a Jonas, ni a Schemarjah. La hija de Billes me contó sobre ellos mucho después.

Mendel suspiró.

—Mirjam —repitió.

La veía parada frente a él, con su bufanda amarilla, su pelo negro azulado, ligera y ágil como una joven gacela. Tenía sus ojos.

—Fui un mal padre —dijo Mendel—. Los traté mal, a vos y a ella. Ahora ella está perdida, no hay remedio que la pueda ayudar.

—Vamos a ir a verla —dijo Menuchim—. ¿No me curé yo, papá?

Sí, Menuchim tenía razón. El ser humano nunca está conforme, se dijo a sí mismo Mendel. Le ocurre un milagro y ya está pidiendo otro. ¡Esperá, Mendel Singer! Mirá en lo que se convirtió Menuchim, el inválido. Sus manos son angostas; sus ojos, inteligentes; sus mejillas, suaves.

—¡Andá a dormir, papá! —dijo su hijo.

Se agachó en el piso y le sacó las viejas botas a Mendel. Miró las suelas, que estaban destruidas y con los bordes irregulares, la parte superior de cuero estaba amarilla y remendada, los ejes se habían vuelto ásperos, las medias tenían agujeros y los pantalones estaban deshilachados. Desvistió al viejo y lo acostó en la cama. Luego salió de la habitación, sacó un libro de su valija, volvió y se sentó en la mecedora al lado de la cama, encendió la lamparita verde y se puso a leer. Mendel fingió estar durmiendo. Espiaba a través de los párpados semicerrados. Su hijo apartó el libro y dijo:

—¡Estás pensando en Mirjam, papá! Ya la vamos a visitar. Voy a llamar a otros médicos. Se va a curar. ¡Todavía es joven! ¡Dormite!

Mendel cerró los ojos, pero no se durmió. Pensaba en Mirjam, escuchaba los ruidos extraños del mundo, a través de los ojos cerrados sentía las llamas nocturnas del cielo claro. No se durmió, pero se sentía bien, estaba tranquilo. Con la mente despierta se quedó en la cama esperando que llegara la mañana.

Su hijo le preparó el baño, lo vistió y lo sentó en el coche. Viajaron un rato largo recorriendo calles ruidosas, salieron de la ciudad y llegaron a un camino largo y ancho bordeado por árboles. El motor zumbaba con fuerza, la barba de Mendel flotaba en el viento. Estaba callado.

—¿Querés saber a dónde vamos, papá? —le preguntó su hijo.

—¡No! —respondió Mendel—. ¡No quiero saber nada! Adonde sea que vayas va a estar bien.

Y llegaron a un mundo en donde la arena suave era amarilla, el ancho mar era azul y todas las casas eran blancas. Mendel Singer estaba sentado a una mesita blanca, sobre la terraza de una de las casas. Tomaba un té marrón dorado. Los primeros rayos cálidos de sol del año brillaban sobre su espalda encorvada. Algunos mirlos se le acercaban dando saltitos y otros cantaban delante de la terraza. Las olas del mar golpeaban en la arena con un ritmo suave y regular. En el cielo azul pálido había unas pocas nubecitas. Bajo este cielo, Mendel tenía derecho a creer que encontrarían a Jonas y que Mirjam volvería a casa. La mujer más linda del mundo, citó en silencio. Él mismo, Mendel Singer, encontraría la muerte después de muchos años, rodeado de muchos nietos y "colmado de días", como estaba escrito en el libro de Job. Sintió un deseo extraño y prohibido: sacarse el gorro de gorgorán y dejar que el sol brillara sobre su vieja cabeza. Y por primera vez en su vida desnudó su cabeza por voluntad propia, algo que solo hacía en servicio o para darse un baño. El viento primaveral movía los escasos y rizados pelitos de su cabeza calva, como extrañas y delicadas plantas.

Así saludó Mendel Singer al mundo.

Una gaviota pasó como una bala plateada por debajo del toldo de la terraza. Mendel observó su vuelo repentino y la estela blanca y vaga que iba dejando en el cielo azul.

En ese momento, su hijo le dijo:

—La semana que viene viajo a San Francisco. A la vuelta tocamos diez días en Chicago. ¡Creo, papá, que en cuatro semanas vamos a poder viajar a Europa!

—¿Y Mirjam?

—Hoy la veo más tarde y voy a hablar con algunos médicos. Todo va a salir bien, papá. Quizás la podemos llevar ¡Quizás se cure en Europa!

Volvieron al hotel. Mendel se fue a la habitación de su hijo. Estaba cansado.

—Acostate en el sofá y dormí un poco —le dijo su hijo—. ¡En dos horas vuelvo!

Mendel obedeció y se acostó. Sabía a dónde iba su hijo. Iba a ver a su hermana. Era una persona maravillosa y bendita, va a curar a Mirjam.

Mendel vio una foto grande en un marco marrón sobre la mesita del espejo.

—¡Alcanzame la foto! —le pidió.

La observó por un largo rato. Era una mujer joven, rubia, con un vestido claro como el día. Estaba sentada en un jardín en donde el viento movía los arbustos. Una chica y un chico estaban de pie junto a un pequeño carro tirado por un burro, como los que se usan en plazas infantiles para jugar.

—¡Dios los bendiga! —dijo Mendel.

Su hijo se fue. Mendel se quedó en el sofá con el retrato al lado. Sus ojos cansados miraron hacia la ventana. Desde el sofá hundido podía ver un pedacito de cielo limpio. Volvió a tomar la foto. Era su nuera, la mujer de Menuchim, y sus nietos, los hijos de Menuchim. Si miraba bien a la chica podía ver a Deborah joven. Deborah estaba muerta, quizás estaba viendo el milagro con otros ojos, desde el más allá. Agradecido, Mendel recordó el calor juvenil que había probado una vez, sus mejillas rojas, sus ojos semiabiertos que habían alumbrado como luces estrechas y atractivas en la oscuridad de las noches de amor. ¡Deborah estaba muerta! Se levantó, acercó un sillón, puso la foto arriba y se volvió a acostar en el sofá. Sus ojos, mientras se cerraban lentamente, absorbían toda la serenidad azul del cielo y las caras de los chicos nuevos. Junto a ellos, Jonas y Mirjam emergían del fondo marrón del retrato. Mendel se quedó dormido. Y descansó del peso de la felicidad y de la grandeza de los milagros.

תהלים
יסוד מלכות

Índice

PRIMERA PARTE

9 I
19 II
25 III
36 IV
44 V
49 VI
61 VII
74 VIII
88 IX

SEGUNDA PARTE

93 X
103 XI
109 XII
115 XIII
127 XIV
135 XV
156 XVI

Libro
compuesto
en tipografía Stempel
Garamond 11/14 creada
por Claude Garamond en el
siglo XVI en Francia, versión
de la fundición Stempel
en 1924.

www.edicionesgodot.com.ar
info@edicionesgodot.com.ar
Facebook.com/EdicionesGodot
Twitter.com/EdicionesGodot
Instagram.com/EdicionesGodot
YouTube.com/EdicionesGodot